飽きっぽいから、愛っぽい

岸田奈美

講談社

飽きっぽいから、愛っぽい

装画　高妍

装丁　岡本歌織
(next door design)

はじめに

わたしは、張り切っていた。

『小説現代』でエッセイを連載させてもらえることになった。わたしはインターネットのブログで、百文字で済むことを二千文字で書いては「アレ、これなんの話をしてたんだっけ、まあいいや」と開き直って公開するような恥多き人間だった。食べざかりの中学生を抱えた家庭の、大皿料理のような制作過程である。芸は芸でも、文芸の香りはしない。

そこへきて、文学賞作家や知識人が原稿をよせる、立派な文芸誌での連載。浮かれに浮かれて、張り切った。

張り切りすぎて、七回目で書くことがなくなった。

幼少期から今までの人生を、叙情たっぷりに語っていくはずが、わずか七回で人生が枯渇した。ゼェゼェ息切れして走るわたしの横を、貧弱な思い出が鼻で笑いながら追い越していく。

もだえていても、ありがたい締め切りはやってくる。なにか書き残したことはないかと、思い出の絞りカスを拾って再利用するため、恥ずかしい過去をもう一回さかのぼってみる。秋の風物詩、車道ギリギリまで出ていって、銀杏を拾う老婆と同じ覚悟である。

そしたら、不思議なことが起きた。

過去に起こった事実は同じでも、一度目に書くのと、二度目に書くのでは、原稿が変わる。さらっと流したはずの誰かの言葉が妙にひっかかったり、おもしろいと思って書いたボケを存在ごと葬り去ったり、土から引っ張り出した芋みたいに別の記憶がポコポコと連なったり、とにかくガラリと違う作品になった。

ひとつの過去を、いつ振り返るかによって、とらえ方が変わる。これは発見だった。わたしの中にはまだ、なんだかよくわからないまま眠っている、大切な過去があるということだ。家の庭に黄金が埋まっていると知らされたような気持ちだ。シャベルを握らずにはいられない。過去と出会いなおしてみたいと思った。

とはいえ、そうポンポンと簡単に過去が会いに来てくれるわけじゃないので『場所』という約束をつくった。西宮浜《にしのみやはま》、鈴蘭台《すずらんだい》、美竹通り《みたけどお》といった地名から日本海上空まで、ある場所から、風景や会話がぶわっと広がってくれた。

喜んだり、苦しんだりしながら、たくさんの場所を巡ったあと、最後にわたしはパソコンの前にたどり着くのだけど、それを書くためにすべてを始めたんだと涙が出た。わたしがたどり着けたその場所で、今からみなさんをお待ちしています。

目次

筆を伸ばす、私を思う　＠西宮浜

いつからか父の顔を、声を、言葉を、さっぱり思い出せなくなった。

「気にしなくていい。亡くなってから十五年も経っていたら、誰でも忘れてしまうよ」

知人の励ましに、そんなものかと安心しながら会話を続けていると、どうも様子がおかしいことに気づいた。

「ずっと会わずにいるとさ、家族でもぼんやりとしか思い出せなくなるよね」

知人が形容するぼんやりとは、たとえるなら記憶に霧がかかっているような状態に聞こえる。細部は思い出せなくても、水蒸気の向こう側に人影くらいは見ることができそうな。だいたいの背丈もわかるし、ぼやけた声も聞こえてくる。それだけで、どんなに心強いことだろう。霧はなにかの拍子に突然晴れたりもするのだから。

わたしは違った。

父に関する記憶が、ブツリと途絶えている。頭の中で父を思い出そうとすると、そこにはいつも、行き止まりみたいな暗闇と静寂が広がっている。手でかきわけても、懐中電灯で照らしても、ちりひとつ見つからないし、うんともすんとも聞こえない。そこに父がいるのかどうかも、わからない。だけど、父からどこでなにを言われたのか、どんなものをもらったのか、父になにを言って、どう笑ったのか、わたしは知っている。

覚えているのではなく、知っているのだ。母や父の友人から、懐かしそうに語ってもらったことによって。つまりわたしの父に関する記憶は、他人から分け与えてもらった知識にすぎない。

わたしは、父を忘れてしまったわけではなく、自分の意思で忘れたのだ。

まだ鮮やかだった記憶を粉々に砕き、箱の底に押し込め、何重にも鎖を巻きつけ、地中深くに埋めた。目印の旗は立てなかった。そのままバクテリアだかナンタラムシだかに、分解されて、消えてなくなるのを静かに願った。それが記憶の行き止まりの真相だ。

そうしなければ、わたしは悲しみに耐えることができなかった。

わたしが十三歳のとき、父は急性の心筋梗塞で死んだ。最期の会話は「パパなんか、死んでしまえ」だった。元気そうに見えた。病気だなんて思いもしなかった。いつものささいな口喧《くちげん》嘩《か》のつもりだった。だから言ってしまった。あの日に限って、父はわたしになにも言い返さなかった。それがあっけなく最期になった。

耐えられない悲しみと苦しみだった。呪いの対象は父の病気ではなく、愚かなわたしだった。

「どうしてあんなことを言ってしまったんだろう。ごめん、パパ、ごめんなさい」

遺灰の前で考えても考えても、謝っても謝っても、なにも変わらなかった。すべてが手遅れだった。

それでもわたしは、残された家族と一緒に、生きていかなければいけない。日々を歩いていくためには、ズシリと重い悲しみと苦しみは邪魔だった。

無意識にわたしは、父を忘れることにした。忘れてしまえば、涙は止まる。

愛しい記憶や楽しい記憶まで失ってしまったのは誤算だった。だけど、忘れることで、ずいぶんと生きることが楽になったのは確かだ。


大人になってようやく、記憶のなかに父がいないことを、さみしく思うようになってきた。父がどうと言うより、自分のルーツを失った心もとなさが、さみしさを引き起こしている。

「あなたは本当に、お父さんと似ているね」

家族、親戚、知人から言われる回数が格段に増えた。もともと幼い顔つきがゆっくり時間をかけて成形していったこともあるし、作家という仕事について頭の中を開けっ広げにしていったこともあるだろう。

とにかくわたしは、他人の前に出れば出るほど、父に似ていると言われた。わたしのルーツは間違いなく、父にある。

人は自分の根底が揺らいだとき、幹よりももっと下にある根、さらには育った土にまですがりつきたくなるような気がする。足元がしっかりしていると、どうしようもなく安心できる。

ここ数ヵ月、わたしは揺らいでいた。なにを書いて残そうか、なんのために生きようか、そういう漠然とした未来を考えるたび不安になる。それは許容量を超えたワクワクへの副作用みたいなものだ。

「父だったら、なんて言っただろうか」

わたしにとって父とは、途方もない憧れの存在だった。常に好奇心と義憤にかられ、未知に挑戦し、ユーモアと愛をも忘れない父だった。頼もしいルーツに、わたしはすがりたくなった。

だけど、だめだった。何度思い返そうとしても、すがるほどの実体を持った父は、記憶のどこにも見当たらない。

七歳のときにｉＭａｃと輸入版のファービーを買ってくれたこと、風呂の追《お》い焚《だ》きをする度に足が溶けたフリをすること、『13歳のハローワーク』をわたしによこして読ませたこと。断片的な笑い話は思い浮かぶけれど、それはすべて、母から説明された知識だった。知識はただそこにあるだけで、揺らぐわたしに語りかけてはくれない。

記憶を埋めた土を無理やり掘り起こそうとしてみると、火花みたいに、パラパラと小さな記憶が飛び散ることがある。それは、父と訪れた場所へ足を踏み入れたとき、急に出会った。


先日、母の思いつきで、兵庫県西宮市を訪れた。訪れたと言っても、実家のある神戸《こうべ》から大阪まで車で向かうついでに、ちょっと寄ってみただけだ。

西宮は父の故郷であり、父と母が結婚して最初にアパートを借り、父が起業してからはオフィスを構えた街だった。父の実家、アパート、オフィス、とたっぷり時間をかけながら順番に車でまわっていくと、母は「懐かしい」と嬉しそうにつぶやいた。

わたしは相変わらず、ちっとも思い出せなかった。でも母があまりに楽しそうだったので「そうやね」と相づちを打っていた。

海が好きだという母が、追憶ツアーのゴールとして西宮浜へとハンドルを切ったとき、わたしはびっくりした。

パチパチと、記憶の火花が散ったのだ。

「ここと似たところに、来たことある」

それは知識でも妄想でもない、記憶だった。きれいとはお世辞にも言えない海と、鼻につく磯の匂いと、水平線の果てまで続く灰色の堤防。この西宮浜と同じ場所だったかどうかはわからない。だけど、似たような景色を、かつてわたしは父と眺めたことがある。

わたしはまだ、小学校に入ったばかりだった。堤防の一角で、子どもたちが絵を描いていた。なんでだったか理由はわからないけど、とにかくそういうイベントのようだ。堤防のキャンバスを、縦横無尽に泳ぐように、とんでもない色のサメやクジラやタコが描かれていて。

父はわたしに、どこからか借りてきた絵筆とパレットを渡して。

「好きに描いてええんやで」

そのあとすぐ、父の眉が下がったのを覚えている。困ったような、がっかりしたような。わたしが、好きに描こうとしなかったからだ。

「どうして描かんのや」

「こんなところに描いたことないし」

「べつにええやん、失敗しても」

「なんかなあ」

なんだかんだ言って、わたしはもじもじと絵筆とパレットを交互に見た。どうして描こうとしなかったのか、なんとなく、いまのわたしなら想像がつく。

わたしは飽きっぽい人間だ。

絵や工作といったものを、最後まで気を抜かず、ていねいに完成させたことの方が少ない。最初の十五分くらい取り組んでみたら、なんだかやる気が起きなくなって、あとは惰性で完成させて、あっさりと興味を失ってしまう。完成品を自宅へ持ち帰らず、学校でゴミみたいに捨ててしまうこともしょっちゅうだった。

大人になっても変わらない。ギター、ドラム、テニス、ピラティス、いろんな習い事を始めてみたものの、ちょっとできるようになると、すぐに放り投げてしまった。わたしの自宅の物置はそういう薄っぺらい好奇心の残骸であふれている。

時には、仕事においても。

「社会人なんだから、最後までしっかりやり遂げなよ。有言実行って大切なんだから」

正論だった。飽きっぽい自分を、ずっと恥じてきた。ていねいで、まじめで、根気の良い社会人になろうと思った。

でも、固く結んだはずのその決意すらもあっさりと揺らぐ、筋金入りの飽きっぽさだ。

最近になって、自分のどうしようもない飽きっぽさへの、捉え方が変わってきた。

「岸田さんは愛にあふれていて、他人にも愛を求める人なんだね」

わたしのエッセイを読んでくれた人が、そんなことを言った。

そうかもしれない。わたしが心の底から気に入るのは、そこに確かな愛のあるものが圧倒的に多い。愛によって作られたもの、長く愛されていること、自分も他人も愛しているひと。芸能人が自分の偏愛っぷりを披露するバラエティ番組は、欠かさずチェックするくらい大好きだ。

そう言えば、父の部屋に置かれていたものたちも、そうだった。

スウェーデンの職人が作った、重くて大きな黒い革のリュック。憧れのドイツで買ってきた水彩絵具、木製パズル。美しい葉っぱの形をした、ペンが磁力で浮いているペンスタンド。子どものわたしの目には「ヘンなもの」と映っていたが、それらは誰かしらの愛にあふれていた。その証拠に、それらは今、わたしによって回収され、わたしの部屋に移住している。

わたしは、愛にあふれ、愛せるものしか、手に入れたくない人間なのだ。それはきっと、父から受け継がれてきた性質。

だから、工作も、趣味も、仕事も、長く続かなかったのかもしれない。「これはわたしが愛せる完成形にはならない」と、途中で気づいてしまったから。

頭の中にはいつだって、「愛せそうなもの」の理想図があった。それは父が、わたしに素敵なものをたくさん見せてくれたからだと思う。でも、いざ頭の中の理想図を取り出そうとすると、透明な壁に阻まれる。壁の正体は、手先の不器用さだったり、才能の乏しさだったりするのだけど、ともかくその時点で理想を形にすることは難しいだろうと悟る。

愛せないものに、最後まで手間暇をかける理由はない。だから途中で投げ出してしまうのだ。

恥ずべき短所が、少しだけ誇るべき長所のように思えた。

あの日。堤防へ絵筆を押しつけることをだらだらと拒んだのは、堤防のような大きなものに、絵を描いたことがなかったからだ。描いたことがないから、失敗は免れない。愛せないとわかっているものを、大好きな父の前で、作って投げ出してしまうのが嫌だった。

「ほら。ここあいてるから、入れてもらい」

そう言って父は、堤防にむらがる子どもたちの間にぽっかりできたスペースへとわたしを押し込んだ。

しぶしぶ、わたしは絵筆を押しつけた。なにを描いたかは忘れてしまった。覚えていないということは、記憶するほど愛せるものではなかったはずだけど。

「ええやん。なかなかうまい」

父はたしか、誇らしそうに、笑っていたはずだ。西宮浜を訪れたわたしの脳裏に蘇ったのは、堤防の絵ではなく、父の笑った顔だった。

あのとき父が褒めたのはきっと、絵ではなくて、迷いながらも一歩を踏み出した、わたしの姿だったのだろう。父は、確かにわたしを愛してくれていた。だからいま、ふとした拍子に思い出したのだ。いくら地中深くに埋めたとしても、消えてなくならない記憶がある。救われた気がした。

わたしは、ユニバーサル・スタジオ・ジャパンへ行くと、どうしてもバック・トゥ・ザ・フューチャーに乗ることができなかった。父が最後に連れて行ってくれた遊園地であり、乗っておいでと背中を押してくれたアトラクションであるからだ。

父についてほとんどのことを思い出せないし、ドクが発明したデロリアンで過去へと飛ぶこともできない。だからせめて、忘れてしまった父のことを心の底から愛し、歩んでいこうと思う。父の記憶は確かでなくても、父がわたしを愛してくれたことは確かだから。

「父だったら、なんて言っただろうか」ではなく「きっと父ならこう言うだろう」と、言い聞かせていく。行き止まりになった記憶の暗闇に、新たな記憶という映像を投写する。それは作り物かもしれない。だけど、父が愛したわたしが描いたのならばきっと、父は許してくれるだろう。

「好きに描いてええんやで」

西宮浜の堤防で、声が聞こえた気がした。

川に弁当を捨てる祖父　@久寿川《くすがわ》

「お義父さん、久寿川にお弁当を捨ててたの」

告別式の朝、伯母は涙ながらに語った。

「それも毎日よ」

わたしは、なにも言えなかった。笑いをこらえるのに必死だったのだ。


祖父が亡くなった。八十歳で、老衰だった。

大工をしていた祖父は、六十歳をすぎたころ、仕事中に足をすべらせて屋根から落ちた。脳挫傷を起こし、生還したものの、後遺症で記憶や発話があいまいになった。

その間に、わたしの父である息子とその兄が亡くなり、連れ添った祖母も亡くなった。祖父は入退院を繰り返し、余生の大半を病院で過ごした。

同じころ、わたしの母が病気で下半身麻痺になり、てんやわんやしたこともあり、祖父の世話は近くに住んでいる伯母が引き受けてくれていた。伯母は責任感が強く、優しい人だったが、気むずかしい祖父のそばにずっといるのは、しんどそうだった。

余命がわずかとなってからの最期は、祖父も、わたしたち家族も、穏やかに迎えた。

しかし、最期がわかっていても、人の死を準備するのはタブーなのだ。祖父が亡くなったとわかった瞬間に、慌ただしくコトが進みはじめる。まるで運動会だ。

通夜、告別式、火葬、納骨。それらのほとんどは伯母が手配してくれた。

わたしの母と、同居している母方の祖母は、やむなく葬儀を欠席した。母は入院中で、祖母は足腰が悪いうえに認知症が始まってしまっていた。

ということでわたしの一家で参列するのは、わたしと弟だけだ。

われわれ孫の役目は、従兄弟たちとともに孫らしく、思い出を語り、祖父を愛し、涙を流すことにある。

粛々と弔うためにはまず、身支度から。

わたしはペラッペラの夏用しか持っておらず、弟はそもそも持っていない。地元のショッピングセンターへ行ってみたが、なんと、昨今のリモートワーク普及によりスーツ売り場が跡形もなく消え去っていた。

スーツ専門店ならさすがにあったと思うが、田舎《いなか》なので車で数十分かかる国道沿いだ。わたしには運転免許がない。

苦し紛れにアマゾンで探してみると、葬儀当日の早朝に届く喪服がヒットしたので「おっ、ラッキー」と、おそらく喪服を買うときに抱いてはいけない感情を口に出しながら、ポチッと購入した。

しかしその喪服は、葬儀の三時間前になっても届くことはなかった。なんと、配達中にトラブルが起き、自動でキャンセルとなっていた。トラブルを起こした配送員も「これ喪服だよな。早朝の時間指定で喪服って、こりゃ絶対に届けないとやばいよな」くらいの便宜をはかってくれてもいいじゃないか。ちくしょう。

わたしと弟は、街中のリサイクルショップを駆けまわり、借り物競走のように一品ずつゲットしていった。店員さんにすすめられたのが、ドラゴンのシルエット柄の黒いネクタイだったときは、泣きそうになった。なんとか喪服の体裁を整えたときは、肩で息をしながら奇跡を実感していた。

万が一、間に合わなかったときのために、なにを思ったかわたしたちは家のなかにあった、できるだけ暗い色のジャージを着ていた。ジョギングの途中で良い居酒屋を見つけたかのごとく「やってる?」と葬儀に飛び込んでくる、絶世のお調子者にも見える。

移動中にスマホで喪服について調べると、喪服を準備するのは、死を願っているようで失礼、とも書いてあった。

それならばなにも準備せず、突然の訃報にあわてふためき、仕方なくジャージで駆けつけるわたしも、喪に服しているのではないか。冠婚葬祭のマナーが難しすぎる。

弟は、生まれてはじめて袖を通したスーツという服にいたく感激し、葬儀が終わったあとも二週間ほど外出するたびに着ていこうとしていた。弟も文字通り、喪に服しているのではないか。

同じような屁理屈を、生前の父はこねくりまわしていたことに気づいた。葬式だろうと結婚式だろうと、家族が総出でかかる催しごとでは、流れている血によくも悪くも気づかされる。催しごとと言えば、祖父、祖母、父、母、わたし、弟に共通するのが、やたらと緊張感がなく、しょうもない冗談の応酬で笑いが絶えないことだ。参加しているみんなが、気持ちよくのびのびと過ごすことが大切だったし、そんなことより、全員がそれぞれラクしたかったという自分勝手な事情もある。

だが、伯母の一家は真逆だ。夙川《しゅくがわ》で代々続く、由緒正しい土地持ちの家柄で厳格だ。自分勝手メンバーの多くが先に逝ってしまったせいで、もともとはこちらが優勢だったはずが、多数派の原理でいつのまにか、アウェイになってしまっていた。

葬儀は厳格に執り行われた。

そんななか、伯母がじいちゃんの棺に「好物だから」と、ぽたぽた焼を山のように詰め込んだ。

わたしは「これからぽたぽた焼かれるじいちゃんに、それはどうなんだろう」とそわそわしてしまい、感づいた伯母からきつく睨まれた。

故人の思い出深いものとして展示されていた、悲惨なほどに成績の悪い中学校の通信簿。リハビリの陶芸教室で執念深く作り続けていたという、何十枚にわたる同じ見た目の皿。伯母がチョイスした祖父の品々がシュールすぎて、途中から、わたしの頭の中はツッコミで埋め尽くされた。祖父が最期に全力のボケを披露しているように見えたのだ。関西においてボケ殺しは大罪とも言える。

そんな折に、伯母の、

「お義父さん、久寿川にお弁当を捨ててたの」発言だった。

久寿川は、祖父の家のすぐ近くを流れる川だ。阪神タイガースの熱狂的なファンだった祖父は、この川にかかる橋をこえて、毎日のようにナイターを観に行っていた時もあった。

その久寿川に、弁当を。

これは笑った方がいいのか、神妙にした方がいいのか、判断に迷った。

伯母の目尻にじわっと涙がにじむ。

あっ、笑ったらアカン方の話か。

緩みかけていた口元をキュッと結び、わたしはできるだけ神妙な面持《おもも》ちをした。すぐ脇にひかえていた弟も、空気を察したのか、おなじく神妙な面持ちをした。

「じいちゃんがなんでそんなこと」

「足を悪くして、自分でスーパーにも行けなくなったでしょう。わたしが毎日作っていくわけにもいかないから、宅配のお弁当を頼んでたの」

どこのお弁当かを聞くと、わたしでも知ってる有名な高齢者向けの宅配弁当サービスだ。バランスがよく、栄養がある弁当を、毎日対面で受け渡してくれる。

「そのお弁当をね、捨ててたの。毎日」

「毎日……」

「三年間も」

「三年間も……」

ここで伯母が、泣き出してしまった。いろんな無念や後悔が伯母のなかで渦巻いているのだろう。薄い味つけで気に入らない弁当を、長く祖父に押しつけてしまったこと。三年もの間、弁当代を文字通りドブに捨てていたこと。

そしてなにより、祖父に隠しごとをされていたこと。

あれだけ献身的に面倒を見てくれた真面目な伯母なので、それはもう気の毒だった。

「あれこれ考えて、お弁当を用意してくれた伯母さんはちゃんと優しい。じいちゃんもそれがわかってたから、言えへんだけやったと思う」

神妙に励ましたつもりだったが、吹き出すのをこらえていたので、喉の奥で変に押し寄せた息がググッと詰まった。変な吐息がもれる。

伯母には申し訳ないが、この期に及んでもなお、わたしは笑いそうになっていた。

祖父の遺影は、祖母と写っている写真を切り抜いたそうだ。

見覚えがあった。あれは、久寿川沿いに咲いた満開の桜の下で、二人が微笑んでいるところだ。写真の大半が、美しく淡いピンク色で埋め尽くされていた。

花見のはずなのに、彼らは野暮ったい会議机の前で、パイプ椅子に座っているのが不自然で。おおかた、見張り番をしていた警備員の詰め所にでも乱入したんだろう。

祖母はそういう人だった。

わたしが小学一年生のときも、広場で野球をして遊んでいる六年生の男の子たちにずんずんと向かっていって「あたしにもちょっとやらせて」と声をかけた。男の子たちはポカンとして、祖母は自信満々で、わたしはとにかく恥ずかしかった。

祖母としては、引っ込み思案なわたしに友だちを作ろうとしたみたいだったが、どう考えても逆効果である。

だけど、有無を言わさないド厚かましさとお節介さを持つ祖母は、数分後にはノリノリでバッターボックスに立ち、センター前ヒットを綺麗に放っていた。真っ赤な口紅をなぜかくちびるの真ん中だけにたっぷり引き、平安時代の貴族みたいな顔をした祖母は、満足そうに一塁で手を振った。思えば、いろんな子どもたちの輪に乱入していた。

そんな祖母のド厚かましさとお節介さが、ドカンと炸裂するのは、祖父といる時だ。

祖父は生粋《きっすい》の大工だったので、仕事ではしっかり指示を飛ばすが、日常では無口で無頓着だった。

祖母は孫のわたしたちを猫かわいがりしたが、祖父は違った。祖父の印象は、くたびれたランニングシャツを着て、和室から突き出たバルコニーで、スーパードライの缶を持ちながらセブンスターを吸っている後ろ姿。苦くて煙たい臭いがして、孫は寄り付かなかったし、きっと祖父も寄せ付けなかった。

そんな祖父のそばにいる祖母は、とにかくはりきった。水を得た魚のようだった。

毎年正月は、親戚みんなで集まってホテルのブッフェに行くという岸田家ならではの行事がある。だれよりも俊敏に動き、だれよりも大量の料理を取ってくるのが、祖母だ。しかしその料理は、祖父の前にだけ並べられる。

ステーキ、さわらの西京焼き、麻婆豆腐《マーボーどうふ》、カレー、チキンナゲット、グラタン、抹茶プリン。

和洋折衷も、主食も副菜もおかまいなし。見ているだけで胸焼けしそうな、子どもが描いた夢の食卓みたいな光景が広がる。

それらの料理を、祖父はだまって、モソモソたいらげていくのだ。

「いい加減、親父には好きなもんを好きに食わせたれや」

父が呆れて言うと、祖母は、

「お父さんはあたしがやってあげな、なんも食べへんねんから。これがええんよ」

なんも食べへんことはないやろ。祖母はいちいち大げさなところがある。

「ねっ、お父さん」

祖母が言うと、祖父は興味があるんだかないんだか、小さく小さくうなずいた。父は複雑そうな顔をしていた。

いつも、やりたくもないことを、食べたくもないものを、祖父は押しつけられているように見えた。あんな祖母とずっと一緒にいるのは疲れるだろうな、と子どものわたしですら気づいていた。

案外違ったのかもな、と気づいたのは、祖母が亡くなってしばらくしたころだ。祖父はぼうっとすることが増えた。

散歩も行かない。花見もしない。ブッフェで料理もあまり食べない。

祖母のド厚かましさとお節介さに、振り回されているように見えるけど、受け入れることが祖父の豊かさだったのかもしれない。そのうち祖父は、脳挫傷の後遺症が悪化し、うまく喋れなくなった。通院以外では、ますます家から出ない日々が続いた。

そんな祖父が、わざわざ久寿川に、弁当を捨てにいったというのだ。

それも毎日。

祖父は、明らかに無気力だった。自我がないようにすら見えることもあった。だけど、そうじゃなかった。

きっと宅配の弁当は、薄味で物足りなかったか、ビールにあわなかったんだろう。化粧もキャラも濃い祖母の料理は、相応に濃かった。

でも、伯母に面倒を見てもらっている手前、わがままは言えない。コンビニでこっそりおかずを買うことはできるけど、弁当を食べずに捨てたら、ばれてしまう。

そうして思いついた苦肉の策が、川へ捨てることだった。

伯母を傷つけまいと気づかい、一歩ずつゆっくりと川へ向かって、こまごました手つきで弁当の箱やフィルムの仕切りだけは残して、後ろめたそうに背中を丸めて帰る。

こっそりと弁当を捨てる祖父の姿を想像すると、なんだか途方もなくかわいらしくて、たまらなかった。川に投棄は、やっちゃだめだけどさ。

いまごろ、祖母が作るうまい飯を、あっちで食べているだろうか。


葬儀の帰り、なつかしくなって、久寿川を見に行った。前に見たときより、ずっと水が減ってるように感じる。濁って、藻や枯れ葉が浮いている水面で、どす黒い鯉が、ぼちゃ、と不格好な音とともにはねた。まるまると太った鯉だった。

50万円で引き換えた奇跡　@とある川沿いの雪国

「下半身麻痺の人を、歩けるようにしてくれる凄腕《すごうで》の先生がいるらしい」

大動脈解離の後遺症で脊髄《せきずい》を損傷し、下半身麻痺となっていた母のもとへ、こんな話を手《て》土産《みやげ》にしてやってきた男がいた。母の勤め先の上司だ。

当たり前のように歩いていたのに、ある日突然、まったく歩けなくなる。そのショックは凄《せい》絶《ぜつ》だ。母の一番近くにいたわたしでも、すべてを想像することはできない。

明るく振る舞っていたはずの母は、家族のいないところで「歩けないなら死んだ方がマシだった」と、涙をぼたぼたとベッドのシーツに落としていたのだ。

ベッドで寝返りを打つだけでも、母には三ヵ月以上の訓練が必要だった。足は鉛のように重い。腹の筋肉だけを使って身体をねじるのは、すごく大変だ。

赤ちゃんが寝返りを打てば、見ている人は微笑ましくなるし、本人も心なしか満足げな顔をする。だけど母の場合は逆だ。

人は成長していくものは愛せるが、そうでないものは愛せない。わたしがどれだけ心の底から「よくがんばったね」と愛しても、母は自分で自分を愛せない。

「悪いけど、入院できる期間は決まっているの。他の患者さんのためにも、そろそろ退院してもらわないと」

心の整理もつかない内に、母は病院から告げられた。

誤解のないように言うと、医師も、看護師も、事務員も、手を尽くして母の命を救ってくれた。話し相手になってくれた。食事も美味《おい》しかった。心から感謝している。

母のような他の命を救うために、救われた母はベッドを空けなければいけない。その通りだ。

だけど母は「このまま退院して、一体、どう生きていけばいいんだろう」という先の見えない不安に包まれながら、病院を後にしたのも事実だ。少なくとも病院にいる間は、家事をしなくてもよくて安心したし、決まった時間に行われるリハビリも気晴らしになった。

それが退院と同時に、消し飛んでしまった。

抜け殻みたいになっている母のもとに、突然飛び込んできたのが、凄腕の先生とやらの話だったわけだ。

「インターネットで見つけた先生やねん。本も出してるから、とにかく読んでくれ」

上司から渡された本には、「立てる」「歩ける」「奇跡」という文字が誇らしげに並んでいた。

母と二人で本を読んでみると、たしかにそこには奇跡がつづられていた。事故で首から下がまったく動かなくなった寝たきりの女性が、先生の編み出した画期的なリハビリにより、立ちあがり、ついには歩くようになったらしい。

そんな人体の常識を覆す目覚ましい回復は、病院にいた時は聞いたことがなかった。

しかし、わたしの印象はすぐに「うさんくせえな」に変わった。

そんなうまい話が、あるわけないのだ。

本を書いた凄腕の先生とやらは、免許を持った医師でも、理学療法士でもなく、もともとまったく関係ない仕事をしているお爺さんだった。当然、なんの資格もない。

母が歩けるようにならないかなんて、入院中に、何度も医師に確かめた。その度に、彼らは申し訳なさそうに「現代の医学では、無理です」と断言したのだ。

ということは、このお爺さんが本当に奇跡を起こしたか、嘘をついているか、どちらかだ。

わたしはチラリと、母を見た。

「こんなの信じられないよね」

冗談っぽく笑いあうつもりだった。

返事はなかった。文字を追う母の目には、明らかにボォッと光が宿っていた。いわゆる「希望の光」というやつを、はじめてわたしは目視してしまった。

翌日、上司がやってきて、母へこう言った。

「その先生のところへ行って、泊まり込みでリハビリをしてきたらどうや。昨日、電話して聞いてみたんや。一年先まで予約でいっぱいやけど、二週間後ならキャンセルで空きが出たらしい」

「泊まり込みでリハビリって、いくらくらいするんやろう」

「50万円やって」

「ごっ……」

高い。

保険のきく病院以外でリハビリをしたことがないから、相場なんてわからないけど、それでも岸田家における経済状況の相場からすると、おそろしい大金だ。

「行くわ。どんなことをしてでもわたし、歩きたいねん」

お金の心配など吹き飛ばすかの勢いで、母が答えた。

正気かよ。

わたしは、車いすに乗っている母を見た。両目には昨晩見たばかりの希望の光がしっかり灯っているもんだから、なにも言えなくなった。

退院してから母が、ここまで前向きになるのは、はじめてだ。またもや母が、悲しみに暮れる姿は見たくない。先のことなんて、どうでもいい。とにかく母の気が済むまで、やらせてあげたい。

「一人だけじゃなくて、リハビリを毎日手伝える家族も一緒に泊まり込みせなあかんねんて」

家族でそれができるのは、わたしだけだ。泊まり込みの場所は、飛行機と快速電車を乗り継がないとたどりつけない雪国。きっちり三泊四日、わたしは高校を休まなければならない。

そんなことを娘に頼むのは気が引ける、という後ろめたさを隠さない母へ、今度はわたしが覚悟を決めて答えた。

「……行くわ」

雪国は、想像以上の雪国だった。

神戸に降り積もっていた雪と全然、レベルが違う。量も重さも。純白の世界は美しいというより、獰猛《どうもう》なまでに見えた。手と耳は冷えてすぐに感覚がなくなる。

駅のロータリーで、先生が手配した迎えの車を待つはずだったが、こんな寒さで外にいたら、凍ってしまう。あわてて構内に引っ込んで、ガラス窓からロータリーをじっと見張っていた。

時間ぴったりに、灰色のバンが到着した。

ボディには車いすマークのステッカーが貼られ、ピンク色の創英角ポップ体で「介護タクシー　ファンシィ」とプリントされている。

「ファンシィって、なんか、すごい名前」

母と笑っていたら、車内から降り立ったのも激烈にファンシィで、爆裂にハイテンションな夫婦だった。

「岸田さん、こーんにちはっ。よォこそいらっしゃあい。寒かった？　そうだよねぇ、大変だったねぇ。さあっ、乗って乗って〜。うちの旦那さんがお手伝いするねっ」

「どうもどうも、よろしくお願いしまあすっ。先生からお二人のことは、よぉく聞いてますよォ」

かつみ♥さゆり。林家《はやしや》ペー・パー子《こ》。わたしの脳裏に、その二組がよぎる。後部座席のスペースに車いすごと縛りつけられる母を見て、わたしはたちまち不安になった。

「これからお帰りの日まで、毎日わたしたちが送り迎えしますからねえっ。ああっ、観光したいところがあったら遠慮なく言って！　こっそーり、案内しちゃうからっ」

ファンシィさんの妻の方が助手席から振り向き、グッと親指を立ててくれた。親しみやすいのと、テンションが高いのとは、まったく別のことなのだとわたしは知った。

バンが停まったのは、普通の住宅街にある家の前だった。空を映した灰色の川が、すぐそばをごうごうと流れていた。

ファンシィさんはわたしたちを降ろすと、元気に帰っていった。

「岸田さんですね。こちらへ」

ゆるやかなスロープになっている玄関の引き戸を開け、わたしたちを迎え入れてくれたのは、無愛想なおばさんだった。ファンシィさんと落差が激しすぎる。

あとからわかったことだが、彼女は先生の息子の嫁で、助手をしているそうだ。息子らしき人もいたが、何をしているかはわからなかった。一家総出というやつだ。

玄関を入ってすぐ、大きな土間がある。土間をあがると、広い和室だ。その奥にも部屋が続いているらしく、ガラス扉で仕切られてあった。

「ここでリハビリをしてもらいます」

土間と和室を見回すと、両手で伝って移動するための手すり、階段型の踏み台、やたら大きな肘掛けのついた椅子、マットレスなどのリハビリ用品が散らばっていた。

病院と明らかに違うのは、どれも隠しきれないお手製感が漂っていることだ。曲がったまま打ち付けられた釘、昭和っぽい花柄の汚れたキルティング生地《きじ》で作られたカバー、どれもかなり貧乏くさい。

どんなものより、ものすごい存在感を放っていたのは、和室のどまん中で一人がけソファに腰掛けた、ものすごい巨体の女性だ。

太っているだけでなく、腕も肩もがっちりしており、呼吸のひとつひとつが深くて大きく、目もぎらぎらしている。動かずじっとわたしたちを見ている様はクマのようだ。

「こ、こんにちは」

彼女は黙って、ふんと鼻息を鳴らしただけだった。

「あの人が、本に書いてあったKさんだね……」

母にささやかれて、ようやく気づいた。本の中で彼女は、再び歩けるようになった奇跡に顔をほころばせていたはずなのだが、その面影はまったくない。

ただただ、怖い。

もっと怖い存在がいた。それが、彼女の隣に立っていた先生だ。険しい顔つきをして、丸い眼鏡をかけた、白髪の爺さんだ。

「今日からよろしくお願いします、岸田です」

わたしと母が挨拶をすると、先生は「どうも」と言い、片手で顎髭《あごひげ》をさすりながら、わたしたちをじろじろ眺めた。

「リハビリを手伝えるのは、娘さんしかいないの？　もう一人必要なんだけど」

「そうなんです、すみません」

「かなり厳しい四日間になると思うけど、ついてこれる？」

「はい」

「奇跡を信じれば、あなたがたも、こうやって歩けるからね」

先生はおもむろにKさんのそばへ行き、彼女のお腹《なか》周りにベルトを巻いた。柔道着の帯みたいな素材で、へそのあたりでしっかりロックできるよう、ゴツい留め具がついていた。仮面ライダーの変身ベルトみたいだ。

「ふんっ」

「うぐうっ」

先生が少し腰を落としてそのベルトを持ったかと思うと、Kさんと同時に唸り声を上げて、ソファから立ち上がらせた。

ズオオッと山が動いたような迫力に唖然としてしまった。

立ち上がらせたというよりは、力ずくで引っ張り上げたんじゃないのか。隣で感動している母がいたので、ツッコミはよしておいた。

「ほらっ、ほらっ」

先生はベルトの右側をひねったり、左側をひねったりしながら、Kさんの体を抱えてねじるように振り回し、すり足で前に進ませる。三十センチも動いていなかったが、とにかく、歩いたといえば歩いた。

寝たきりの頸椎《けいつい》損傷の人が、他人の手を借りながらもこうやって自重を支えて立ち上がるというのは、それだけですごいことだ。きつい訓練と努力に思いを馳せる一方で「果たして、これを歩けたと言っていいのか……?」という疑問も、わたしの思考をかすめていった。

Kさんを元のソファへ座らせ、先生は汗だくになっていた。

「ふうっ……ふうっ……」

額の汗を拭いながら、先生はしかめっ面《つら》のまま振り向く。

「すごいでしょう。Kには、リハビリ中もずっとここに座って、あなたがたを見守ってもらうから。きっとパワーをもらえるだろうよ」

「えっ……」

かくして母とわたしは、Kさんのなんともいえない眼光を背中に感じながら、リハビリに励むことになったのだ。

先生のリハビリは、独特だった。

リハビリは朝九時からはじまり、十二時から昼休憩、十三時から十七時まで、ミッチリ詰めて行われる。

遅刻は一分ですら許されない。

リハビリを始める前に必ず、先生はレコードプレーヤーでクラシックをかける。若いころはフルートを吹いていた、と先生は言った。

先生は座布団の上に座り、目を閉じてしばし音楽を味わったかと思うと「よしっ」と立ち上がって、ピシッと鞭《むち》を振るった。

信じられるだろうか。

鞭である。

戦慄した。ここは軍隊か。

しかしその鞭は、最初にピシッと振るわれると、義娘さんがサッと受け取り、どこかへ片付けられるのだった。完全に先生の気の持ちようだけに使われる。

このように先生は、ルーティーンや暗示にものすごくこだわった。

「足がまったく動かなくても、『動いた!』と言い続けるのが重要なんだっ」

先生が叫ぶので、母はピクリともしない冷たい足を見つめながら「動いた!」「動いた!」と連呼し、わたしも「動いてる!」「動いてる!」と合いの手を入れた。これを言わないと、先生は烈火のごとく怒り出す。

「車いすなんてリハビリにはいらない。降りろ! すべて自分の身体だけで動くんだ」

母は、弾かれたみたいにその通りにした。

腕の力だけで体を持ち上げては降ろしたり、体を限界までねじっては戻したり。輪をつくったベルトをそのへんの家具や物に投げて巻きつけ、それを手繰《たぐ》り寄せたり。カウボーイの養成所かよ。

病院のリハビリではまず鍛えない、細かすぎる動作や筋肉を徹底的に鍛えていた。

四人がかりで母を壁に押し付けて立たせ、そのまま前に倒れ込み、腹の力で起き上がらせるという、立ったままの背筋みたいなメニューは、思い出すだけでゾッとする。母は脂汗を浮かべ、息も絶え絶えに涙目となっていた。支えているわたしの腕にも、たいした筋肉がついてしまった。

立ったというか、やはり無理やり支えられているだけなのに、不思議なことに「こんなに世界って高かったんや」と、母は自分の足を見ながら感動していた。わたしも、もらい泣き寸前だった。

ただ、恐ろしいのは、これはなんのための筋肉で、なんのために鍛えているのかを、先生以外は誰もわかっていないことだ。バカ正直に尋ねたら、先生に烈火のごとくどつかれると思った。

十二時になると、先生、Kさん、息子さん、義娘さん、わたし、母でガラス扉の向こうにあるリビングへ集まり、昼食をとる。

決まって肉のおかずで、なぜか主食は米ではなくパンだった。四ツ切のやたらと厚いパンに、ひとかけらのバターのみをのせて食べる。

わたしは当時、パンはジャムがないと進まなかったので「明日から自分でジャムを持ってきていいですか?」と聞くと、義娘さんから「先生はバターで食べるのが一番美味しいとおっしゃるのよ!」と目を剝《む》いてきつく言われ、ジャムの持ち込みは固く禁じられた。

それだけではない。

二日目の昼に出されたマトンが生焼けだったので「これ焼けてへん……」と母に泣きつくと、また義娘さんから「こらっ」と膝を軽く蹴られた。なんで叱られているのかわからなかった。

想像するに、マトンを焼いたのは先生で、その先生に恥をかかせるなという意味だったのだろう。

黙って、生焼けのマトンを食べた。食べたふりをした。

ここでは先生がすべてなのだ。絶対王政。全知全能。森羅万象。

「このマトンは美味いだろう。三年前にうちでリハビリした家族が、お礼にと毎年送ってくるんだ」

「パイナップルとか、栗きんとんとか、全国各地から先生にどうぞって送られてくるんですよ。今年は何をもらえるか楽しみだわあ。……岸田さんのところは、神戸でしたっけ？」

これはアカン。うちも神戸牛などの贈り物をしなければ、これはアカンやつや。そんな無言の圧力に、一瞬にして押しつぶされそうになった。贈り物というか、貢物ではないのかそれは。喉まで出かかった。


最初はやることなすことにそれなりの感動を覚えていたわたしたち親子だったが、すぐに違和感へ塗り替えられた。

泊まり込みであてがわれた、やたらに生活感のない部屋でじっと肩をそろえて並び、どちらからともなく話しかけた。

「……なんか、あの先生、ちょっとおかしいよね」

「うん、だいぶおかしい」

「リハビリはめちゃくちゃキツくて、達成感もあるけど……あれを続けても、自分だけで歩けるようにはならへんね。Kさんみたいに、誰かに引っ張ってもらわなきゃいけないし」

母はもう、わかっていた。

一世一代の決心で雪国まで来たのに、ガッカリしていたらどうしようと、怖くて顔が見られなかった。またあの絶望感が漂う日々に戻ってしまうんじゃないか。

しかし、意外にも母の顔は、さっぱりしていた。

「わたしはたぶん、心のどっかで、もう歩けへんってわかってたんや。それを素直に認められなくて、奇跡でもなんでもいいからとりあえず、信じてすがれるものがほしかった」

そして母は、50万円を払って、先生のもとへ飛んだ。

「ここでリハビリしてわかったのは、こんなわたしでもちょっとずつ、できることが増えるんやなあって」

「増えたなあ。壁と人の手があれば立つことはできるし、腕だけで少しだけ身体浮かせられるようになったもんな」

「でも、そんなんで歩けるようには絶対にならへん。自分の身体のことやから、よくわかる。脊髄の神経が詰まってたり、ちょっとでも生きてる部分がある人やったら、奇跡も起こるかもしれへんけど……わたしの神経はもうぜんぶ傷ついてしもてるもん」

「せやな」

「車いすから降りて、毎日厳しいリハビリして、ちょっと立てるようになるとか、ちょっと身体を持ち上げられるようになるとか、たったそれだけやったら……わたしは車いすに乗ったまま、あんたたちのためにやれることを探せるようになりたい。こういうリハビリじゃなくて、そっちに時間を使いたい」

「……せやな」

ずずっ。鼻をすすった。

ほろ苦かったけど、どこか満ち足りていた。母は自分の足で歩けなくても、自分の意思で進めると、知ったのだ。

なにもできないから死にたいと嘆いていた日々より、少しだけ、前へ。


四日目、最後のリハビリが終わった。

本や、過去にここへ通った人の体験談によると、先生は最後に得意のフルートを吹いて、見送りの儀式をしてくれるのが定番のようだった。

どんなもんかと思って、それはちょっと楽しみにしていた。

「よくやりとげたな。これを毎日続けたら、奇跡は起きるから」

「はいっ」

このリハビリを続ける気は、わたしも母もなかったけど、言わないでおいた。

「じゃあ、家でリハビリをするための器具の話なんだが……おい、こっちへこい」

先生の合図で、ササッと和室へ入ってきたのは、息子さんだった。リハビリを手伝うわけでもなく、いつも昼食時には一緒にいるこの人の役割は一体なんなんだろう、と思っていた。

「ここから好きなものを買って帰ってもらいたいんですが」

息子さんがわたしたちに広げて見せたのは、お手製の器具のカタログだった。

「これは……?」

「ぜんぶ僕が作ってるんです」

この人の役割は、それだったのか。

「この肘掛け付きの椅子は絶対にいるな。あとベルトも五本ずつ、それから、車輪付きの台もあった方がいい」

先生が、ぽん、ぽん、ぽんっと次々にカタログを指さしていく。

値段を見て、目の玉が飛び出るかと思った。

息子さんが作った、素人感満載の椅子が、5万円。どう見たって、ベニヤ板を重ねて車輪をつけただけの台車が、20万円だった。

いらん。

その三文字しか、思い浮かばなかった。猛烈にいらん。

「あの、その、えっと、どれもいらないんですけど……」

「ああん⁉」

先生が声を荒らげた。Kさんはあんぐりと口を開け、義娘さんはキッと睨み、息子さんは感情のよめない無表情を貫いている。

外にはファンシィさんが元気いっぱいにスタンバイしている。情報量が多い。

母が言った。

「あっ、じゃあ椅子だけもらいます。椅子だけ」

わたしはもみ合い沙汰になっても止める所存だったが「ちょうどリビングにひとつ、来客用の椅子がほしかったから」という母の苦し紛れな説明で、しぶしぶ手を打った。

母は争いが大の苦手なのだ。

一応言っておくと、うちに来客なんてないし、いまやその椅子の末路は、犬たちの寝床になっている。

フルートは吹いてもらえなかった。わたしたちはいい顧客ではなかったようだ。

ぐったりしているわたしたちに、ファンシィさんの親切がたたみかけてくる。

「ここの寿司が美味しいから、お昼はここで」「お土産はここで買うのがおすすめ」と、介護タクシーを縦横無尽に走らせて寄り道してくれるのだ。完全に疲れていて、さっさと帰りたかったので、言われるがままに食事と買い物をしてしまった。

それらの店すべてがファンシィさんの知り合いや親戚がやっている店で、紹介マージンが入っていることが判明し、驚愕した。寿司屋なんてメニューがすべて時価で、おそるおそる数貫食べたら、すごい値段になったというのに。

おのれ、ファンシィさん。

しかし、わたしたちは追って、このファンシィさんに助けられることとなる。

その日は豪雪で、飛行機が軒並み欠航になった。なんとか飛べる便があったのだが、足止めをくらっていた客が一斉にカウンターへなだれ込むので、「こりゃ乗れないな」と諦めていた。

すると、さっきまであふれんばかりの笑顔を貼りつけていたファンシィさん夫妻が、鬼の形相でカウンターへ突撃しに行った。

「この人たちはねえ！　歩ける人とは違うんですよ。ずーっと車いすに乗ってて、体力もないんですっ。なにかあったらどうするつもりですか、空港で責任とれるんですか？　乗せてくださいよっ」

「えっ、ちょっと、そこまで言わなくても大丈夫ですよ……」

わたしが戸惑いながら止めても、ファンシィさんは「いーや！　こういうのはビシッと言わないと」と、止まらなかった。

身体の不自由な人や、小さなお子さん連れの人へゆずりあうのは、わたしも賛成だ。わたしだってゆずる立場なら、そうしている。

だが、自分がゆずられる立場となれば別だし、あまりにもモンスタークレーマーすぎる。まわりで待っている人たちにも申し訳なかった。

「まあまあ、大丈夫ですから」とわたしたちがファンシィさんをなだめようとした直後、顔をひきつらせたグランドスタッフさんが「いま空席が出ましたので、ご搭乗ください」と答えた。

気の毒なグランドスタッフさんの、困り果てた顔をわたしはずっと覚えている。だから、もうカウンターの人にはできるだけ優しくするし、文句など言うまいと誓っているのだが、ファンシィさんのおかげで、母が体調を崩す前に帰りの便にありつけたのも事実だ。

いろんなことを学び、学びすぎた、三泊四日の雪国への旅だった。

先生のリハビリに効果があるのかどうか、わたしにはわからない。現にKさんは立ち上がって歩いていたので、奇跡を嘘とも言いきれない。

だけど、病院から放り出されて、希望を失って途方にくれていた母を「リハビリにきなさい」と受け入れてくれた。そういう先生のことを、インチキとか、まやかしとか、責める気にもなれない。

歩くという奇跡はもらえなかったけど、代わりに、時間をもらった。一生懸命身体に向き合って、もうこれ以上は無理ってくらい頑張ったら、母は歩くことを諦められた。

諦めるというのは、自分を認めるということだ。歩けない自分をしっかり認めてから、どう生きていくかを、前向きに考えることができた。なによりの味方は、自分と、時間なのだ。

それを知ってから、わたしと母は、絶望することがなくなった。

言葉にしなかった、言葉を見る人　＠淡路島《あわじしま》

「そうそう、ニコラス・ケイジっておるやんか。わたしはあれ、ニコラス刑事やと思っててん。刑事さんが演技もやる時代になったんや、せやからスタントも上手いねんな、普通の俳優さんではこうはいかんからね……って。びっくりしたわ。あとな、ヒヤリハットもそういう帽子があるんかと思ってたんよ。奈美ちゃんも思ってたやろ。えっ、思ってへんの？　そんなアホな……えっと、なんの話やっけ。そうやそうや、来週そっちで仕事があるから、奈美ちゃんの家に泊めてほしいねん。あんじょう頼むで」と、電話口で母は言った。

母は父と結婚してわたしを産んでからずっと神戸の実家に住んでおり、異国情緒あふれるええとこのお嬢さんっぽい雰囲気を醸し出そうとしているのがミエミエだが、実際は大阪の下町も下町で生まれ育った、コッテコテの女である。ほっそりとしたスタイルで、両目はアーモンドのように大きく、若々しさとおしゃれさを併せ持っているから、わたしは「あんなキレイで

上品なお母さんを持ってうらやましい」とよく褒められることがあるが、騙《だま》されてはいけない。

「奈美ちゃんは、あれやろ、インフルエンサーってやつになったんやろ。わたし、最初はあれインフルエンザーやと思ってて、あんた高熱出とるんかとびっくりしたわ。あわてすぎてスマホでメッセージ書いて送ろうとしたらさ、打ち間違えてウンフルエンサーになってもうて。あっ、これは書いたらあかんで。恥ずかしいから」

このように、着地点を作ろうともしない話を、深夜一時ごろに電話越しでぶち込んでくるのが本来の母だ。なにわが生んだ「しょうもない話」を、完全無添加無農薬で日々製造し続けている。誰もそんなもんを注文した覚えはないのに。エコとサスティナブルが重んじられるこのご時世、母の話をその辺に捨てっぱなしにしておくわけにもいかないので、とりあえずここに書いておく。

今でこそ母とは、いることも、いらんことも、なんでも話せる間柄になっている。嬉しいことがあれば二人で喜び、悲しいことがあれば二人で憂い、ふん縛って市中引き回しにしたいヤツを見つけたら二人で策略を練る。母娘という関係性が時と場合によって、親友のように、戦友のように、ミッチーとサッチーのように、グラデーションのごとく移り変わり続けている。

でも実は、子どものころからこうだったわけじゃない。特にわたしが高校生だったときは、ひどかった。弱小大名同士のいさかいのように、陰湿でせせこましく誰も得しない争いを、母とは繰り返していた。

なぜ子どもに反抗期というものが起こるかと言うと、心のなかに「子どもの自分」と「大人の自分」が同居するからだそうだ。はやく大人になりたいと憧れる一方で、心や身体の変化についていけず、ささいなことで感情が暴れたり、ささくれたりするらしい。

わたしの場合、中学二年生のときに父が亡くなり、高校一年生のときに母が急病で下半身麻痺になるという、家庭を揺るがすような出来事が立て続けに起こったので、まさに「子どもの自分」と「大人の自分」がわたしの中にやかましく同居している状態だった。両親に甘えたかったけど、そんな余裕はどこにもなく、不幸に負けないたくましい人として振る舞わねばならなかった。たぶん当時のわたしは『母をたずねて三千里』のマルコか、『フランダースの犬』のネロくらい、健気さが全身から滲み出ていたと思う。

母が退院し、手動装置で運転する自動車免許をとり、仕事に復帰して、岸田家に平穏が戻り始めると同時に、わたしの押し込めていた反抗期が口火を切ったのだ。

「ご飯作ってなんて頼んでへんもん。もっとカロリーが低くて、痩せるものが食べたいのに」だの「学校なんて行っても意味ないから、行かへん。お母さんだって、苦労して短大卒業しても結局、主婦やってるやん」だの、いまのわたしが当時にタイムスリップしたら張り手のちジャーマンスープレックスを極めたいくらい憎たらしい言葉を、過去のわたしは吐いていた。

改めて文章にしてみて気づいたけど、それらは母に対して本当に抱いていた感情ではない。わたしの本音は「ご飯を食べたくない」でも「学校へ行きたくない」でもなく、「自分でもコントロールできないこのイライラを、わかってほしい」だった。自分の苦しみを、母にも同じように感じてもらうことで、共感という安心を得ようとしていた。つまりは甘えだ。どうすれば母が傷つく言葉を投げられるか、ただ、それだけを考えていた。

その歪んだ欲求を言葉にするだけでは足りず、わたしは学校を休みがちになった。

「学校、卒業できへんくなるで。ちゃんと行かんと」と母が心配そうに言うのだが、間髪入れずに「卒業できなくてもいい」「学校なんか行かなくてもいい」「そもそも、お母さんのお見舞いで病院に入り浸ってたから、勉強についていけへんくなってん」などと思いつく限りの憎まれ口を叩いた。どうしようもない。

そしてある日、記憶のなかでもずっとどす黒くこびりつくように残っている、最大で最高に嫌な言葉を、わたしは母に投げつけた。

「お母さんは、わたしと性格が真逆や。真面目で、丁寧で、おとなしい。せやからわたしの気持ちなんて一生わからへん。わたしはお父さんに似たから。お父さんやったら、わたしのことをわかってくれるはずや。お父さんやなくて、お母さんが死ねばよかったのに」

書いていて、吐き気がしてきた。そのときの母の表情も、返事も覚えていないけど、ただわたしは「やってしまった」と後悔し、手を震わせていたことを覚えている。傷つけたかった。本音じゃなかった。でも、止まらなかった。

年齢を重ねるたび、風船がしぼんでいくみたいに、わたしの反抗期は少しずつ収まっていった。高校も普通に通うようになり、大学にまで進学した。ゆるやかに時間が心のささくれを風化させていったのだろうと思っていたが、実は、最近になってそこには母の思惑がかかわっていたことを知った。

今年の春、母と淡路島に出かけ、部屋についている温泉につかって、どちらからともなく思い出話をはじめたときだ。

「奈美ちゃんが高校生やったとき、めっちゃケンカしたよな。今は考えられへんけど」

「あれは……反抗期やったから、しゃあないわ」

わたしは、申し訳ないような、恥ずかしいような心地で返事をした。

「どうしたらわたしと話をしてくれるやろうと思って、あれこれ試したんを覚えてる。懐かしいなあ」

そんな話は初耳だった。母が振り返るには、こういうことだった。

「学校行きたくないとか、ご飯食べたくないとか、絶対に理由があるはずやろ。理由を聞かへんことにはなにもしてあげられへんし、解決もできへん。でも、イライラしてる奈美ちゃんにはなにを言っても届かん。寄り添って理由を聞こうとしても『ほっといてよ』って突き放されるし」

ばつが悪そうに聞いているわたしに気づいて、母は「でもそれは、子どもだけじゃなくて大人も一緒。怒り狂ってる人をなだめるってめちゃくちゃ大変やから」と苦笑いした。

「せやから、奈美ちゃんがイライラしてるときは、とにかくなにも言わずにその場をやり過ごしてな、逆に機嫌が良くなるタイミングを探しててん。人って、好きなことしてる時とか、落ち着く場所にいるときはリラックスできるやんか。奈美ちゃんにもきっとそういう一瞬があるはずやと思って」

「わたしにそんな時あった？」

「見てるだけやとわからんから、マクドナルド連れて行ったり、家でコーヒーいれてみたり、映画のＤＶＤ借りに行ったり、いろいろやってみて……」

びっくりした。母がそんな試行錯誤をしていたなんて、まったく気づかなかった。むしろなんでいまマクドナルドにナゲット買いに行くねん、くらいに思っていたはずだ。

「でもな、わかっててん。奈美ちゃんはわたしが運転する車の助手席に乗って、好きな音楽を聞きながらドライブしてる時がいちばん機嫌が良いんやわ」

「なんか、そう言われたらそんな気がする」

わたしは運転免許を持っていないが、人が運転する車の助手席に乗るのが好きだ。カーステレオから流れてくる歌を口ずさんだり、運転席の人と雑談や大喜利なんかで喋ったりするのが楽しい。

「それで、奈美ちゃんとしっかり話したい時は、なんやかんや理由をつけて車に乗ってもらうようにしてん。学校の送り迎えとか」

「えーっ。それであの時、寝坊しても怒らんと送ってくれてたんや」

わたしの家から高校までは、電車と徒歩で一時間くらいかかる。車で行くにも微妙に不便で、有料の高速道路を通らなければいけない。それでも母は、多いときは一週間に二度くらい、車でわたしを送り届けてくれた。学校に行きたくなかったわたしも、あの満員電車に乗らなくていいのならと、喜んで車に乗り込んでいた。そのせいで朝起きるのが遅くなったり、一時間目の授業に間に合わなかったりしたけど、母はまったく怒らなかった。

「車の中だけは機嫌が良かったから、奈美ちゃんがほんまに思ってることをいろいろ聞けたんよ。それでわたしも本音を打ち明けて、ようやく会話ができるようになって……」と言う母。

その目論見は見事に的中していて、わたしは本当は大学に進学したいと思ってることも、母のお弁当が美味しいことも、今となってはバカバカしい失恋をしたことも、ぜんぶ車の中で打ち明けていた。

今でも、母といちばん会話が弾むのは車の中だ。普通に喋っているときの二倍くらいやかましいいし、ぶっちゃけ話をしないといけない気分になる。

「あの時、車でいっぱい話せたから、今も奈美ちゃんと仲良くできてるんやと思うわ」

「うん、わたしもそう思う。ほんまにありがとう」

あの時、めちゃくちゃなことばかり言っていたわたしとの対話を諦めず、機嫌がよくなる場所を探し続けてくれた母に、ようやくお礼を言うことができた。あの時の母の努力と心づかいがなければ、今ごろわたしは、大切な話し相手を失っていた。

そしてわたしは、ずっと心の奥でゴツゴツした岩のように引っかかっていたことも、打ち明けた。この時は、車ではなくて、湯船の中だったけど。

「あのな、高校生のとき、『お父さんやなくて、お母さんが死ねばよかったのに』って言ったん、覚えてる？　あれ、ほんまに、ほんまにごめん。嘘やから。思ってなかったから」

わたしが言うと、母はきょとんとして、ああ、と思い出したように笑った。

「ええねん、ええねん。あんなん、奈美ちゃんの本音じゃないってわかってたから、痛くもかゆくもあらへんかった」

「なんで？」

「親やもん、わかるで。子どもは口で言ってることより、言ってないことの方が大切やねん。あの時、奈美ちゃんが口で言うことはぜんぶひどい言葉ばっかりやったかもしれへんけど、なにも言わずにお弁当はぜんぶ食べてたし、弟を遊びに連れ出してくれたし、お風呂場までタオル持ってきてくれたし……そういう、奈美ちゃんのちょっとした優しい行動をわたしは見てたから、わたしに死んでほしいなんて思ってないってわかってた」

救われた気がした。わたしはいまのところ、浮いた話も、安定した話もないのだけど、いつかだれかと結婚して、旦那なのか子どもなのか、とにかく大切な人と暮らす日がきたら。

機嫌が良いときをしっかりと探して、口に出さない言葉にこそ、目を向けたいと思った。母みたいな人になりたいのだ。

カニサボテンの家を売る　@大阪市中央区谷町《たにまち》

ついさきほどの家族会議で、祖母の家を売りに出すことが決まった。

祖母の家は、大阪の谷町にある。大阪駅や難波《なんば》駅にほど近いわりに古い寺院が多く静かなところで、暮らすには人気の町だ。

わたしが物心ついたときから、祖母の口癖は「あんたが嫁に行くとき、この上等な土地は全部あんたのもんや。ばあちゃんが祝儀にあげたるさかい。ひゃっひゃっひゃっ」だった。祖母は笑うときも、泣くときも、この引き笑いをする。

子どもだったわたしは、土地の価値がよくわからなかったが「ばあちゃんは太っ腹だなあ」と、薄ぼんやり思っていた。祖母は太っ腹なわけではなく、見栄っ張りだったと気づいたのは、この二、三年のことである。

「これ、持っていき」

祖母に会うたび、谷町の商店街の期間限定ショップでたたき売りされていたというヴェルサーチェのバッタモンの長財布から、一万円札を抜き出し、渡してくれた。

最初はありがたく受け取っていたが、大学に入ってバイトをはじめ、祖母が受け取る年金より少し多い給料をもらうようになってからは、申し訳なさが勝り、しばしば辞退した。

すると祖母は灰色の眉をハの字に歪め、一万円札をグイグイと押しつけてくる。

「子どもは遠慮するもんやない、黙ってもらっときなさい、ひゃっひゃっひゃっ」

結局わたしが折れて受けとるが、なんとなく、大学生の取るに足らない生活の、なにを食べたかもろくに覚えていない飲み会代や、流行が切り替わるとすぐに捨てるペラペラの服代に消えるのははばかられて、財布の奥の奥にしまいこむだけだった。

ある日、母に、

「ばあちゃんからもらったお金、けっこう貯まってしもたから、ご飯でも食べに行こか」

と言うと、母は驚いた。

このところ「もらっている年金では足りない」と祖母から、そこはかとない救難信号が発信されていたそうで、母が家計を切り詰め、こっそりと祖母の口座にお金を足していたそうだ。

その日からわたしは、祖母からもらうお金は大げさに喜んだのち受け取り、あとから母へ返すことにした。

祖母の見栄は、ほかにもある。

「うちにはじいさんが買った十万円金貨があるから、あんたが嫁に行くときは、これも祝儀につけちゃるさかい」

そう言ってことあるごとに、和ダンスの一番小さな抽斗《ひきだし》から、紫色のビロード生地の巾着《きんちゃく》に包まれた金貨を取り出し、人目を気にするように左手でチラチラと隠しながら、さも一級品のように見せてくれた。

十年もすれば値打ちがつくと地銀の営業に言われて、まんまと買わされたらしい。

これも母に、

「そういえば、ばあちゃんの十万円金貨、いまいくらぐらいになったんかな」

と聞くと、

「そんなもん、とっくに冷蔵庫を買うとき換金してたで」

現在、十万円金貨は額面より3万5000円の高値がついているが、祖母は値上がりを待ちきれず、数年前に黙って冷蔵庫と引き換えてしまったらしい。

こうなれば、やたらと祖母が指定する「嫁に行くとき」というタイミングも、わたしがなかなか嫁入りしそうにないのを見込んでのことかもしれない。

まだあったぞ。

ガラスの食器棚に並んでいる、立派なブランデーの酒瓶だ。早くに亡くなった祖父のコレクションだった。祖母はシールを集めて無料でもらえる類の皿が大好きで、食器棚はいつも雪崩《なだれ》が起きそうなほど渋滞しており、飲みもしない酒瓶が場所をとって仕方ないと母がぼやいていたが、

「これは高い酒なんや。置いといたら価値が出るから、いざという時に売ったらええ」

何年か経って、偶然つけていたテレビでホストクラブ特集をやっており、見覚えのある本の形をした陶器の酒瓶が、当時の岸田家にとっては目の玉が飛び出るような値段で出されていた。やはり、それなりに高い酒であったのだ。

奇《く》しくも当時、酒屋のせがれと付き合っていたので、祖母を説得し、とりあえず鑑定するだけ許してもらった。

食器棚のガラス扉を開け、おそるおそる酒瓶を取り出したが、いやに軽い。振ってみると、ちゃぽ、と水たまりに死にかけの雨蛙《あまがえる》が飛び込んだような、頼りない音がする。

「これ……飲みかけやったんちゃうかな。ほとんど蒸発しとるで」

輝いて見えた酒瓶が一瞬にして、リサイクル待ちのゴミと化した。こんなことなら、飲んでしまったほうがずっとよかった。

そういうわけで、祖母の家の件も、絵に描いた餅として受け取っていた。だが、おかげさま

で健康に育ち、日頃腹いっぱいに白米をかっ込んでいるわたしに、餅は不要だ。祖母がわたしを思って、餅に熨斗《のし》をつける準備だけはしている。もしかしたらもう、水引くらいには手をかけているかもしれない。その事実だけで嬉しかった。

わたしの父の死去にともない、谷町でひとりで暮らしていた祖母が、母とわたしのいる神戸のマンションに移り、七年以上も空き家にしておきながらも、だらだらと売りには出さないままであった。

すぐに金を手に入れるよりも、孫に贈るとっておきの〝いつか〟を待っている方が、祖母は気持ちがよかったのかもしれない。

餅物語が滑り出したきっかけは、花だった。

わたしの引っ越しが終わり、ようやく荷物が片づいたので、景気よく観葉植物か生花でも飾ろうと思い立ち、母とともに神戸の商店街を歩いていた。しかし、コロナウイルス流行の影響で軒並み式典が中止になったせいか、目当ての花屋がことごとく休業していた。

グーグルマップで検索してみると、近くに営業中の花屋が一軒だけ見つかる。口コミの評価もやたら高い。母と足早に向かってみると、そこは思い描いていたような、麗しの新居に似合うお洒落な花屋ではなく、卸売を専門にしている花屋であった。ただ、業務スーパーのように誰でも買えるようになっているのか、店は遠目でもわかるくらい大賑わいしている。ひっきりなしに何台もの車が店前に停まり、荷台にいっぱいの鉢を積み込んで、去っていく。

朝顔や百日草《ひゃくにちそう》が、黒く小さなポットに一輪ずつ咲き、そのポットたちを長方形の桶に詰めるだけ詰めたものが、軒先のワゴンに並ぶ。新しいワゴンが店の奥から運ばれてくると、年齢層が高めの客がワッと囲み、掘り出すようにごっそりと何鉢もレジへと持っていく。

ブルーの朝顔のポットを三つも抱えてホクホク顔のご婦人が、「タイムセールです！」という店員の喧伝とともに運ばれてきたチューリップを見て、

「あらかわいい！　いただくわ」

と言い、スーパーで特売のキャベツを買うような具合で持っていく。キャベツはまあ刻んでお好み焼きにでも入れれば消費できるが、花はしばらく咲いている。余計なお世話は重々承知だが、そんなに行き当たりばったりで、全体の調和などは考えられているのだろうか。

「ちょっとここは違うね」

母も同じく大きなお世話を焼いていそうだとわかり、わたしは安堵する。

「そうやね。花はまた今度にして、帰ろか」

引き返そうとすると、母の目が地面に釘付けになっていた。母が乗る車いすの前輪の先には、大きなプランター。

アロエみたいな肉厚の葉の先に、目を見張るほど鮮やかなピンク色の花が垂れ下がっている。

「長屋に住んどる人たち、これぱっかり植えてたわ……なんでやろな……」

祖母の家は、ひとつ屋根でつながる長屋の一角にある。狭い一本道の路地に、七つもの世帯が肩を寄せ合うように暮らしていた。母は結婚するまでの人生の大半を、そこで過ごした。

花の名は、カニサボテン。

「名前もかわいくないわあ」

そういえば、同じ花を見たことがある。祖母の家の前に、誰が作ったかもわからない、廃材でできた棚がある。それは長屋の端から端まで伸びていて、無数の植木鉢がいつも並ぶ。住人たちが、思い思いに選んだ草花を飾っているのだ。しかし、示し合わせたように同じ花ばかりだった。それがカニサボテンだ。

「カニサボテンが春に咲いて、冬になったら植木鉢ごとそれぞれの家に引っ込んでいって、春になったらまたお出ましするんよ」

母から聞く故郷の思い出はいつも、ユニークな友人の話ばかりだ。母が生まれ育った家をよく思っていないことに、わたしは薄々気がついていた。

カニサボテンで呼び起こされた嫌な記憶が消えなかったのか、その夜、母は「あの家、そろそろ売らなあかんね。見積もりだけでもお願いしてみよか」と、わたしに言ったのだった。

祖母の家は、二階建てだ。

一階に台所、居間である和室、洗面所と風呂とトイレ。二階には和室がふたつ。役所から取り寄せた書類の記載には「築年数不明」とお手上げされるほどに古い。勝手口の枠は平行四辺形のように歪んでいて決して開かず、外に生えているソテツは南国の道路に植えられた木のように伸びきっていて、天井からぶら下がる行灯《あんどん》型の照明は、先日の震度三の地震のせいで失敗したバンジージャンプのように床で横たわっている。

だが、母が気に入らなかったのは、家の古さではない。

おそらく、廊下がないことだ。

母の部屋へ行くには、玄関の土間をあがり、祖母が料理している台所を抜け、祖父が飲んだくれている居間を横切り、襖をあけて押入れのなかに隠されているような階段をギイギイ鳴らしながら上って、曾祖母が咳き込みながら布団の中で丸まっている和室を通ることで、ようやくたどり着ける。

家族の横を通るたびに「学校はどうだった」「給料はあがったか」と、同じことを聞かれて、なかなか部屋にたどり着けないと母は苦く笑った。

時はバブル。大手企業の事務職に就いた母は毎晩のように派手な飲み会に顔を出し、羽振りのいい上司たちのトヨタ・マークⅡの代行運転で家まで送ってもらっていたが、いつも家から数十メートル離れたところで降りるそうだ。そして母は、履いていたハイヒールを脱ぎ、両手の指先にひっかけて、裸足でコンクリートの坂をくだり、玄関までそろりそろりとたどり着く。

そうしなければ、祖父母にこっぴどく叱られたそうだ。

「ハイヒールをあんなにコツコツ鳴らして帰ってきたら、あんたが不良になったたって言うて、長屋の人らが心配するやないか」

そんな馬鹿な話があるもんかと最初は取り合わなかったそうだが、本当に翌朝になって二軒隣のおばさんから「昨晩は遅かったたねえ、ひろみちゃんお酒そんなに強くないから、大変やろ？」と言われ、母は閉口した。おばさんはその時も、カニサボテンへ丹念に水をやっていた。

母は二十二歳で、ほかの友人や同僚よりも早く結婚を決め、なにもかもが谷町の長屋とは正反対である、神戸のニュータウンが誇る新築デザイナーズマンションに移り住んだ。立派な廊下を抜けたリビングには二面の窓からお日様がこれでもかと差し込み、隣人たちも同じような新婚ばかりで、クリスマスにはそれぞれが趣向を凝らした手作りのリースが飾られる。カニサボテンはどこにも見当たらなかった。

段差だらけでとても車いすで入れそうな家ではないということで、母に代わって、このわたしが家を売る旗振り役を仰せつかった。仰せつかってしまったのだ。

夏日のように暑い、五月のはじめ。不動産業者と打ち合わせをするために、わたしは祖母の家に向かった。

路地に入る角を曲がったところ、例の棚に並んでいる花々が、明らかに記憶よりも貧相なラインナップになっている。カニサボテンも相変わらず数本あるものの、歯抜けみたいにぽつ、ぽつ、と離れて鉢が置かれているだけ。

不思議に思いながら、がちゃがちゃと玄関の戸を開けていると、二軒隣の出窓から見覚えのある顔がのぞいた。おばさんだった。

「奈美ちゃんやないの。泥棒かと思ってびっくりしたわ」

七年もご無沙汰していたが、人間、ある程度歳をとると変化がわからないもんだなと思った。祖母より少し下と聞いてるので、もう七十歳近いはずだけど、戸の音を聞きつけたということは、母がハイヒールをコツコツ鳴らしていた時から聴力は衰えてないんじゃないか。

事情を話すと、おばさんは少し寂しそうに言った。

「そっかあ……もう手放すんやね。しばらく帰ってきてはらへんかったし、しゃあないわ」

「見積もりで土地の長さ測ったりすると思うんで、しばらく騒がしいかもしれないんですけど、すみません」

そこでわたしは思い立つ。

「お隣さんにも言うといた方がいいですよね」

「あっ……」

おばさんはきょろきょろと辺りを見回して、そっと声のボリュームを下げる。こんな奥まった路地、他に誰も歩いてやしないのに。祖母にも同じ癖がある。

お金の話をするときと、誰かが死んだときだけ。

「ちゃうねん、このあいだお隣さん、亡くなりはったんよ。かわいそうに、長く一人やってなあ、全然見かけへんと思ったら」

お隣さんの顔を思い出そうとするが、顔にはもやがかかる。体つきなんてもっと思い出せない。わたしが覚えている頃からほとんど外に出てこない人だった。

大学の卒業式がこのあたりで催され、祖母の家に泊まることになったとき、両手いっぱいに抱える花束を持て余して「ご近所さんに配ろう」と思い立ち、お隣さんのチャイムを鳴らしたことがある。

「なんや」

おじいさんかおばあさんかもわからない、どんよりと影が落ちたしわくちゃな顔が、ちょっとだけ開いた窓のすき間から見える。「隣の家の孫です。花をもらっていただけないですか」と言うと、「いらん」と言い切らないうちにピシャリと窓が閉じた。それきりだった。だから亡くなったと言われても特に感慨があるわけでもなく、ただ、カニサボテンが足りないのはそういうわけかと合点がいった。

「うちもそろそろ老人ホームにでも入ろかな。いくらで売れそうかわかったら、うちにも教えてな」

おばさんはまた、声のボリュームを下げた。

祖母の家のなかで、業者を待つ。

七年も空けていたが、もとから相当古かったので、埃《ほこり》っぽさも気にならない。人間の顔と同じだ。

居間の畳のど真ん中に腰をおろしていると、いろんなものが目につく。特に吟味されずに揃えられたであろう、趣がことごとく違う家具や人形。花の模様が刻まれた磨りガラス障子。昭和の古臭さと、モノを捨てられない祖母の性質が、渾然一体となって詰まっている。

祖母がわたしを「孫だ、孫だ」と長屋中に自慢していた齢のころ、毎週末は父のボルボに乗って、家族でここに泊まった。畳に寝っ転がって、母の本棚の奥の奥で埃をかぶっている『パタリロ！』の漫画本を夢中で読みながら、首が痛くなってふと顔を上げると、祖母はいつでも台所でちょこまかと動き回っていた。

面倒くさがりのくせに、人が集まると、ちらし寿司や山盛りの五目かき揚げなど、手間がかかって見栄えのする料理を次々にこしらえてくれる祖母だった。わざと用事を作って、忙しくしていたように思う。座って落ち着いているところを見たことがないし、「お母さん、座ってよ」と母が気まずそうにしていた。記憶がおぼろげになっている今も、「法事」という単語を聞きつけると、祖母は突然しゃっきりして、法事の段取りをしたがるくらいだ。法事は祖母にとってのフェスである。

そんな祖母にも、この家にも、気に入らない思い出の方が母は多いみたいだが、可愛がられた孫であるわたしは逆だ。気に入って、覚えていることがいくつかある。

勝手口のすぐ脇に、金色のアルミニウム製のたらいがいつも置いてあり、中身はカニサボテンと同じ色の粉石鹼《こなせっけん》だった。祖父が印刷工場をすぐ近所で営んでおり、普通の石鹼じゃとても取れないインキを落とすためのものだった。

「あんなもん、どんな成分が入っとるかわからへん」

と母は毛嫌いして触らなかったが、わたしはその鮮やかな色と、水に溶かすとぶくぶく浮かんでくるシャボンが好きで、祖母がこっそり遊ばせてくれた。水道の水を使うのはもったいないので、祖母が洗いものをする時だけが、石鹸遊びのチャンスだった。シンクからの排水がなぜかそのまま外に流れてくる仕様で、その水を使っていた。母にばれた時、声にならない悲鳴をあげられた。

二階に住んでいる曾祖母は、余命が短くなってくると、なぜかインスタントのにゅうめんしか受け付けなくなり、戸棚には赤茶色のプラスチック丼に入ったにゅうめんが大量に詰め込まれていた。あれも母は、好きではなかった。わたしが一度食べたいと祖母に言ったら「子どもが食べるもんやない」と叱られたので諦めていたが、ある日戸棚を開けると、ひとつ転がり落ちてきたので、それを拾って祖母に「お湯を入れてほしい」とせがんだ。

叱られるかと思ったが、祖母は「そうか」と呟き、お湯をわかしてくれた。生まれて初めて食べたにゅうめんは、ぶよぶよして、味も薄くて、サッポロラーメンの方がよっぽど美味しかった。それから祖母は「にゅうめん食べるか」と何度か聞いてくれた。

にゅうめんに限らず、わたしが美味しいと一度でもいったものは、事あるごとに買ってきてくれた。近所にある「村岡さん」という、八百屋と看板を掲げながら惣菜屋とも乾物屋ともいえる不思議な商店のおやじに「うちの孫がこのラーメンを好きだから、毎回仕入れてくれ」と頼んでいた。祖母の家から帰るときはいつも、母と父が両手いっぱいの袋を祖母に持たされていた。中身はわたしの好物ばかりだった。

見栄と愛は、紙一重である。

そんな祖母が、見栄も意地も張らず、ひたすらに謝り続けたことがあった。

祖母の家の居間の隅には、なぜか年がら年中巨大な石油ストーブが置かれていた。わたしはあれが苦手だった。凍てつくような冬の寒さも一瞬で消えるが、その代わり、頭がぼうっとするほど暑くなる。そのくせ足は隙間風で冷え、天と地ほどの温度差にくらくらした。石油ストーブの天板は鉄製で、置かれたやかんの口からフシュウ、フシュウ、と湯気がひっきりなしに出ていた。

ダウン症の弟がまだ幼稚園生だったころ、大人の目を盗み、そのやかんをひとりで持ち上げたことがある。お茶を入れる祖母のマネをしたかったんだろう。

弟は腹のあたりにやかんの湯をぶちまけてしまい、大泣きして、家族全員が大騒ぎになった。祖母が見たことないくらいにオロオロし、冷凍庫から製氷皿ごと持ってきて、腹に当てようとしたが、大火傷をした腹と服がくっついてしまっていて、

「脱がしたらあかん!」

と、母に横から抱き上げられて、弟は風呂場へと連行された。父は救急に電話をしていた。わたしと一緒に居間に取り残された祖母は、震える手で口を覆いながら、「ああ、ああ、ひゃあ」と、すりつぶしたような声を漏らしていた。

「ごめんな、ごめんな、かわいそうなことをした」

処置を受けて眠っている弟に、祖母は一晩中、泣きながら謝っていた。

弟の腹には、今も、大きな火傷の跡が残っている。

母いわく、祖母は世話焼きではあるが、他人の事件にはどこか上の空の人で、父が亡くなったときも、母が病気になったときも、「そうか」と困ったように言うだけで、重い障害が残ってもケロリとしていたらしい。高校で高熱を出して早退したら「なんで帰ってくんの」と呆れられたことを、母はずっと根に持っている。だから、取り乱している祖母を見て、驚いたそうだ。

ところで先月、わたしの家にテレビの取材が入った。

弟とわたしが料理しているところを撮りたいという。それならばと二人で張り切ってキッチンに立った。わたしが食材を切っている間、弟には麦茶を沸かしてもらうことにした。

キッチンの向こうから、ソファに座った祖母がじっとこちらを見ていた。へまをしないように見張っていたのかと思ったが、見守っていたのかもしれない。

お湯の沸いたやかんを持ち上げ、堂々とお茶を汲む弟を見て、祖母は救われただろうか。あの日の祖母は、かなり機嫌がよかった。取材では「わたしは七十四歳ですねん」と、五歳も若く見栄を張っていた。

業者の見積もりによると、祖母の家には思っていた以上の高値がついた。

勝手なことをして怒られるかもしれないなと覚悟しながら、祖母に打ち明ける。

「そうか」

意外にも祖母の返事は、あっさりしていた。

「どないかせなあかんと思っててん。よおしてくれて助かるわ」

「嫁行くときに譲るって言ってたのに、ごめんな」

「……そやそや。あんた、いまいくつなんや」

この質問は、忘れたころに何度も受ける。前に正直に答えたら「はよ嫁に行きなはれ」とお小言が始まったので、今回は五歳ほど若く見栄を張っておき、事なきを得る。

「あの家がなくなったら、寂しい?」

気になって、祖母に聞いてみた。祖母の答えは「ひゃっひゃっひゃっ」だった。

なんとなく調べたら、長屋の住人たちが愛したカニサボテンの花言葉は「美しい眺め」と「公平」と知る。あの家は、誰かにとってはうんざりする、誰かにとっては美しい景色。

刻まれた傷ごと家は失われてしまうけど、弟の傷は生きている限り残る。ソファに横たわり、腹の傷が丸出しになることも厭わず寝ている弟を見るたび、弟には申し訳ないが、わたしはあの家で受け取った思い出が浮かぶ。

いらんことは、いるねんて　@大阪市梅田

意味、理由、目的。

こういったものが、わたしの行動には裏地のように縫い付けられている。意味のない会話、理由のない苦しみ、目的のない外出は、裏地を剝ぎ取ってしまった冬用のコートみたいに役に立たなくて、あるべきものがないことに、気持ち悪さを覚えてしまう。

先日、汗をかくまで風呂に浸かっても、夢で三度ほど生まれ変わるまで熟睡しても、体調が微妙によくならず、しまいには下腹のあたりがガラス窓を引っ掻くようにキリキリと痛みはじめたので、観念してわたしは病院に行った。

親しい人たちから口々に「その症状はあんた、婦人科だよ」と言われたこともあり、その通りにした。

これまでわたしは、婦人科を訪れたことがなかった。婦人と聞くと、ぼんやりと浮かび上が

ってくるのはなぜか、ろくに聞いていなかったはずの日本史の授業である。大正デモクラシー、職業婦人、婦人公論、お蝶婦人。いやあれは夫人だったか。ともかく婦人という響きには、凜として賢い大人の女性というイメージを勝手に抱いているのが、賢くないわたしであった。無駄に頑丈な身体のおかげで、それくらい婦人科は遠い存在だ。

スマートフォンで最寄りの駅名と婦人科を打ち込んで検索してみた。

評判がよかったのは「O子レディースクリニック」という名称で、なるほど、最近の婦人科は親しみやすいようにそう名づけるのか、と勝手に感心した。レディースと聞き、今度はさらしを巻いて木刀を持った女の姿がぼんやりと浮かび上がってきたが、すんでのところで振り払った。

感心したのも束の間、ぼけっとした顔でクリニックを訪れたわたしは、「検査しますね」と医者に言われ、よくわからない仕組みのイスに尻を丸出しにした状態で座り、わけもわからぬままイスごと回転し、普段の出不精がたたり岩石のように固まっていた股関節がめりめり鳴るほど開脚させられ「おゔァァァ」と、婦人ともレディースとも似つかわしくない断末魔の叫びをあげたのだった。

一週間後、検査の結果を聞くために、わたしは再びぼけっとした顔でクリニックに足を運んだ。不調はずいぶんマシになったとは言え、貧血や頭痛がまだ続いていたので、なにかしらの

診断は下るだろうと覚悟していた。なので、

「検査の結果、なにも異常はありませんでした」

えびす顔の医者から言われて、わたしはポカンと阿呆面をさらす。

「でも、まだちょっと調子が悪いんですけど」

「心音も血液も子宮も、どこも悪くはないですよ。自律神経が少し乱れているみたいですから、それで少し体調が悪くなるのかもしれませんね。季節の変わり目ですし」

「どうしたらよくなりますか」

「そこまでひどくなさそうだから、強い薬を飲むのはおすすめしません。お腹をあっためて、身体を冷やす食べものは控えて、それでもだめなら漢方を飲んでみましょうか」

昔、同じようなことをおばあちゃんが言っていたな。おばあちゃんの知恵袋というのが初めて役に立った。

検査を受けて、なにも見つからなかった。それなのに、わたしは安心どころか、なぜか漠然とした不安にかられていた。

体調は悪いというより、なんだかシャキッとしないという程度には回復していた。だけどわたしは、このシャキッとしないのには意味があるはずだと信じて疑わず、検査の結果が出るまで、家事も原稿もほったらかしていた。だって病気だと思っていたから。安静にすることに達

成感すら覚えていたのだが、結果は異常なし。

理由というのは、わたしをとりあえず納得させて、喜ぶなり悲しむなり、相応の行動をとらせるだけの作用があったのだと思い知った。理由がなくなると、暗闇のなかでなにをあてにしていいかわからないような、心もとなさがある。

腹を温めて、アツアツの飯を食らうというのは、わたしが普段からやっていることと同じだから、自分の身体をいたわっているという気分にもならない。

理由がないのだから、ほかに対処方法もわからない。

「体調が悪いんだから、早く治さないと」「でも特に治し方があるわけでもないんだから、せめて有意義に過ごさないと」

そしてわたしは、朝から身体を動かすように散歩してみたり、薬膳の出来損ないみたいな食事を自作してみたり、ネットでビタミン剤を取り寄せてみたりしたのだが、意味がないかもと思うと、虚しくてどれも長続きしなかった。

そういえば、意味のないことへ後ろめたさを感じるようになったのは、最近になってからだ。子どもの時のわたしはむしろ、意味のないことばかり楽しんでやっていたような気がする。一体いつからこうなってしまったのか。

意味のないこと。

その言葉で思い出すのは、大学二年生のときから八年住んでいた、大阪だ。

わたしの実家は神戸にあるのだが、そこから西宮にある大学へ通うにも、創業メンバーとして働いていた会社へ通うにも、片道九十分以上もかかっていた。そこで、大阪市中央区の谷町に住んでいた祖母が「あたしはあんたの実家に住むから、この家は貸してやる」と申し出てくれ、わたしは幸運にも弱冠二十歳で、一国一城の主となった。

まあ、一城と言っても、木造築六十年の文化財的古臭さの、妙に縦へ縦へと細長い家ではあったけど。背に腹は代えられない。

山の中とはいえ異国情緒のある(らしい)洒落た(といわれる)神戸という街で生まれ育ったわたしにとって、大阪は鮮烈な街であった。

「これひとつください」

乗り換えの駅にある売店でガムを差し出すと、売店の老人はしげしげとそれを眺める。

「それよりこっちにしとき。わしも昨日味見したけど、甘ったるくてかなわんわ」

べつのガムをとんとん、と指さされる。

「えっ……じゃあ、こっちで」

「うん、うん、そうしとき。あっ、べつに宣伝費もろとるんとちゃうからな。もろてもええぐらい、オススメしとるねんけどな」

老人はガハハと笑う。疲れているわたしは甘ったるくてかなわんガムがほしかったのだが、あまりにもナチュラルな彼の口車に圧倒されて、食べたくもないミントガムを買ってしまった。

この忙しい朝に彼がやった方が良いのは、粛々と客が選んだ商品の会計をし、手渡すことだ。それ以外はお金もメリットも発生しない、仕事を圧迫するだけの意味のないことだ。なのに彼の販売オペレーションは、どう見たって意味のないことが八割を占めている。

彼だけではない。

新梅田食道街にふらりと立ち寄ってたこ焼きを注文すれば「お姉さん、このあと仕事は？ないの？　ほな青のり多めにかけとこか」と言われ、道頓堀の薬局の前を横切れば「閑古鳥が鳴きすぎて、鳴くのにも飽きて踊ってます。だれか買うてくれるまで踊るのをやめられません」とメガホンで叫びながら左右にステップを踏んでいる店員がいた。

家の隣の隣に住んでいるおばさんは、わたしの祖母と仲が良かったこともあり、顔を見かけると頻繁に声をかけてくれたのだが必ず、喋りだすときに「おはようさん、おはようさん」「ごめんやで、ごめんやで」などと、二回同じ言葉を連呼する。もはやこれは出囃子《でばやし》のような効果をもたらしており、腰の曲がったおばさんのトークも、やんややんやと軽快に滑り出す。

さして大した話でもないのに、なぜか足を止めて聞いてしまう。おかげでわたしは、少なくとも二回は会社に遅刻した。

びっくりするくらい、意味のない「いらんこと」のオンパレード。

外国人観光客が急増した五年前頃から、店の接客は汎用的でシンプルなものに変わってきた気がするが、それでも東京に比べると圧倒的にいらんことが多い。

最初はわたしも、半ば小馬鹿にするような態度で「やかましいわ」「もうええわ」と、愛想笑いの混じったツッコミのようなものを返していた。しかしやがて、毎日滝のように浴びていた「いらんこと」が、全身の毛穴からわたしの体内へと取り込まれ、無意識のうちに今度はわたしが「いらんこと」をする人間になっていた。悲しきゾンビである。

後輩社員が東京から大阪に配属となり、しばらくわたしの家に居候することになった。寂しそうな彼女を励まそうと、わたしは身を乗り出して大阪観光へと打って出たのである。

「うちらが使うんは大阪市営地下鉄谷町線やから、東梅田駅から乗るねんで。梅田ちゃうで。梅田は御堂筋線と阪急電鉄と阪神電鉄やからな。注意しとき。ちなみに終電間際で東梅田駅の改札におるカップルはだいたい、めちゃくちゃややこしそうな空気を出しとるから、横目に見とくとおもしろいで」

「そうなんですか」

「梅田の中心地にはいくつか駅があるねんけど、東梅田駅だけがやけに離れてるねん。せやから終電近くになったら梅田駅あたりで『ほなここで』って解散するのが普通なんやけど、わざわざ終電逃すリスクを冒してまで東梅田駅についてくるやつは、お互い帰りたくない雰囲気出して試しあってるか、時間忘れてアホみたいにイチャついてるかやねん。知らんけど」

「は、はあ」

このあと後輩が、会社の同僚たちに「岸田さんからあまり役に立ちそうにないことをたくさん教えてもらった」と漏らしているのが発覚し、わたしは無意識に、自分がいらんことを撒き散らす側に回っていた事実に衝撃を受けた。

もっと恐ろしかったのは、少なくともこの話を早口でしている時、わたしはゲラゲラと機嫌良く愉快に大笑いしていたことであった。

いらんことは意味のないことだが、それをすることで意味が生まれる。

青のりを多めにかけるたこ焼き屋も、踊る薬局の店員も、おばさんの出囃子も、やっている彼ら彼女ら自身が「なんか知らんけど、自分が愉快になる」という効用がある。どうせ同じことをするなら、気分が良くなる方を選ぼう。それで楽しんでくれる人がいたら儲けものだし、いなくたってそれでいい。「あんたはまた、いらんこと言うて」という苦言ですら、名誉の様式美に聞こえる。

いらんことは、あってもなくてもいいし、いるのでもいらないのでもないけれど、やりたいならやった方がいいのだ。


このところずいぶん、意味のあることにこだわっていた。

コロナ禍で日本中が大変だけど、うかつに外へは出られないもどかしさから、自宅でなにか人々の役に立たなければと躍起になった。困っている飲食店や食品メーカーにオンラインで取材し、それらの商品やストーリーを広める記事を書いた。政府から支給された給付金を使って、文章コンテストを開いた。暇さえあれば、オンラインイベントに出演して、役に立ちそうなことを語った。


息つく間もなく矢継ぎ早に行動したら、それなりの効果も達成感もあったし、良いこともたくさん起こった。だけど、いつしかわたしは、どうすれば役に立てるか、どうすれば成長できるか、行動と思考に意味を見出すことに必死になっていた。

九月末には初めて本も出版して一気に忙しくなり、使える時間がゴリゴリと減っていくと、余計に意味の最短距離を選んで走り抜くような使命感にかられた。意味のないことから順に、ゴミ箱へ豪快に捨てていった。

意味のない不調と休息に後ろめたさを感じてしまったのはきっと、わたしが意味のあることにこだわりすぎていたから。子どもの頃は夢中だったけど、今は持っているのが恥ずかしくなってしまうオモチャみたいに。


ちょうどこの原稿を書き始める直前、実家で暮らす弟から電話があった。

「あのな、えーとな、なんもないねん。ほなねーばいばい」

いらんことのお手本のような電話にわたしは思わず打ち震えた。

弟の電話の内容は、意味がない。意味がないからこそ、愛を感じる。なんの見返りも求めず、わたしにわざわざ電話をかけてくれたことが嬉しいし、わたしが帰らないことにがっかりしたという気持ちも伝わって、それも嬉しい。

終電に乗り遅れるかもしれないのに、最果ての東梅田駅まで連れ添うカップルを思い出した。きっとあれにも、意味がないからこそ、二人の間にだけ生まれる愛があるのだ。

一日早く実家に帰ろう、と思った。やることもないから、意味はないけど。

空白の記憶に、視点を願う　@神戸　鈴蘭台

人生は間違いなくひとつだけど、紙の年表みたいに平面的ではなく、彫刻みたいに立体的だと思う。眺める角度や高さによって、見えてくるものがぜんぜん違う。ひとつの人生を、たくさんの視点を行き来しながら、わたしは味わっている。美術館で絵画を楽しむように。

ハッとする。

ちょっとちょっと、わたしったらいま、ちょっと頭のよさそうなこと考えてたんじゃないの。急いでメモっておかないと。自分をかしこそうに見せる材料は、余すところなく丁寧に拾い集める。

「岸田さん、もしかしてこのあとのご予定が迫ってますか？」

弾かれたように尻ポケットのスマートフォンを取り出して操作し始めるわたしを見て、熱心に話を聞いてくれていた記者さんが、あわてて声をかけてくる。

「あっ、いえ。すみません、思いついたことをすぐメモしないと気が気じゃなくて」

わたしの悪いクセだった。

「へえ、エッセイストっぽい。なにを思いつかれたんですか」

「人生の……視点……?」

さっきまでゲラゲラ笑いながら、おばあちゃんが食材をなんでも冷凍するので困っているとか、昨日までDJ KOO氏と内田裕也《うちだゆうや》氏のことを設定が異なるだけの同一人物だと思っていたとか、そういうアホな話をしていた空気が一変したので、記者さんはギョッとしていた。

この日、わたしは人生ではじめてとなる書籍を出版し、一日七件もの取材を受けていた。一件あたり撮影も含めて一時間、合計七時間。ご飯を食べるヒマもないが、糖分を使い切ると頭が使い物にならなくなってしまうので、編集部の人がわんこそばのように差し出してくれる金つばやマフィンを一口で飲み込みながら、取材に答えていた。

はじめての出版なので、どの媒体でも尋ねられることはだいたい同じだ。これまで歩んできた半生とか、どんな子どもだったかとか。

物忘れがひどい方で、日頃から何度も同じ話をしてしまうのだが、さすがに何時間かで七回も同じ話をするのははじめてだ。ディズニーランドのキャストみたいな気分になる。同じ話を意図的に繰り返すというのは、なかなか大変だ。どこまでなにを話したかわからなくなるし、申し訳ないけど、話しているわたしも退屈してしまう。だからわたしは、「それからどうしたのって思いますよね、実はね」「ここからがおもしろいのなんのって」と、セルフで合いの手を入れ始めたり、身振り手振りをコロコロと変えてみたり、まあとにかく、話し方に貧相なバリエーションの変化をつけた。ディズニーランドのキャストも、こうやって台本通りの演技に変化や緩急をつけて、こっそり楽しんでいるのかもしれない。

だがそれも、五回目の取材を受けるころには疲れてグダグダになってしまい、わたしは諦めて粛々と同じ話をし始めた。

そのとき気づいたのだ。

「同じ人生の話をしているはずなのに、微妙にさっきと話していることが違うぞ……」

たとえばさっき、亡くなった父親について印象深かったことを尋ねられた。最初は「ドラえもんの映画を観に行こうと騙されて、クリント・イーストウッド主演の暗い映画を観せられた」と答えたはずなのに、いまは「ユニバーサル・スタジオ・ジャパンに行こうと騙されて、スペイン風の宗教建築物を見学させられた」と答えている。

どんだけ自分の趣味のために我が子を騙す父なのかという懐疑心はさておき、後者は、わたしも忘れていたことだった。ひとつ前の取材を受けて「ああ、そういえばこんなこともあったな」と、深い海底からのぼってくる泡のごとく脳裏に浮かんだ。どちらも真実だ。

家に帰ってから、どうして父はわたしを何度も騙して、自分の行きたい場所に連れていったのだろうと考える。子どものころはさっぱりわからなかったけど、今ならちょっとはわかる。

父はきっと、自分が素晴らしいと思うものを、素晴らしいと思える自分の価値観を、わたしに受け継がせたかったのだ。遺伝子を受け継がせたように。

それが父の喜びだったんだろう。大人になったわたしは、この世にはたくさんのものが溢れていることを知った。その中から気の遠くなる思いで素晴らしいものを見つけた時、大切な人にシェアすることの喜びも知った。きっと父も、そういうことだったはずだ。

子どものわたしの視点、大人になったわたしの視点。

父との思い出は一つでも、視点が変われば、浮かび上がる意味や感情も違う。感謝や罪悪感も、新たにくっついてくる。

思い出をいろんな視点から眺められるようになった時。過去を、自分を励ますための物語として選びとれるから、人はより豊かでより強くなれるんだろう。

それとは正反対に。何度思い出そうとしても、なにも浮かび上がってこない空白の期間も存在している。

取材で「岸田さんは、どんな高校生でしたか？」と聞かれて、あんなにスルッスル滑り出ていた言葉が、急ブレーキをかけたように止まった。そして、軽い混乱が追突事故のように訪れる。

高校生であったことは覚えている。神戸の鈴蘭台という最寄り駅で降りることも、制服を着ていた自分も、校舎のつくりも、少し霞がかっているけど、記憶の実体はある。

だけど、なにをしていたのかがわからない。クラスメイトも先生もひっくるめ、わたしのまわりにいた人たちの名前を思い出すのに時間がかかる。

たぶん、つらかったんだと思う。

父が亡くなったときから、わたしには忘れるという才能が備わっている。つらく苦しい時期のことを、我が身を守るために、きれいさっぱり忘れてしまう。

中学生のときに父が亡くなったので、憧れの対象を失ったわたしは、どんな大人になりたいかを忘れてしまった。勉強も部活もいやになり、当時の成績に見合った高校へは進学しなかった。そうすると、まわりと話が合わなくなってしまった。わたしはその時はじめて、自分は勉強や読書がこんなに好きだったのかと気づき、好きなことを誰ともシェアできないつらさを思い知った。

学年でも有数のガラの悪い女の子たちの、ヤンキーの縦社会をそのまま持ち込んだ極端な上下関係で成り立っているバスケットボール部は、入部して半年後に、夜の部室に意地悪で閉じ込められたから辞めた。

そして高校一年生の冬。母が病気で倒れ、下半身麻痺になった。眠れない日々が続き、学校と病院と家を大急ぎで行き来する生活がはじまった。

本が好きで始めたアルバイト先の本屋が、一年と経たず強烈な経営難と人手不足に陥り、なぜかアダルトビデオの貸し出し担当を兼任させられたのはしんどかった。アダルトビデオを延滞している不届き者への取り立て電話を一日何件もこなしながら、虚無に陥った。

一番不安定でつらかった時期、自分がどうやって日常生活を送っていたのかという記憶が、抜け落ちている。

取材では苦笑いをして、ごまかした。

でも、取材で話すまでもない、小さな小さな記憶のかけらみたいなものが、わたしの中にまだあるらしい。

いま、思い浮かんでくる順に、書き連ねてみる。

ひとつ。すっかり日が暮れてから校舎を出て、テニスコートの脇を一人で歩いて校門に向かっていると、だれかがうずくまっていた。「大丈夫?」とあわてて駆け寄ると、眠っていたイノシシで、腰を抜かしてしまった。

ふたつ。通学路の途中に、ボロボロの民家でやっている駄菓子屋があり、そこで出してもらう30円のペペロンチーノが濃厚で美味しかった。店主のおばあさんが茹でた麺にせっせとふりかける、異常な旨味を放つ粉の正体がまるでわからなかった。

みっつ。文化祭では他のクラスがうどん屋やフライドポテト屋を準備するなか、「神社をつくろう。なにもしなくてもお賽銭《さいせん》で売上入るし」というわたし発案が多数決で通り、物干し竿を買ってきて、鳥居を作る羽目になった。

よっつ。当時まったく流行《はや》っていなかった、クロックスというゴツくてデカくて黄色いサンダルを母から「これ絶対に流行るから」とプレゼントされ、渋々ペタペタと履いていったら、入学早々に自己紹介より早くドナルドダックというあだ名がついた。クロックスはその三年後に、しっかり流行った。

どれも、断片的すぎる。

前後の流れがまったくわからないのに、一瞬のシーンだけがぱっと浮かんでは消えていく。取材で使えるような、意味のわかりやすい思い出話ではない。いまのところ、わたしの高校生活は、この無意味な記憶の断片がすべてだ。

つらかったわたしには、忘れ去った空白の記憶がある。だけど、断片的ではあるにせよ昔より、思い出せることが増えた。それはわたしが、つらくなくなったからだろう。過去を過去として、冷静に、懐かしく、愛しく捉えられるように成長したんだろう。

忘れるということは、頭からきれいさっぱり失われるわけではない。思い出してもつらくなくなったときに、ふと箱の留め具が外れるように、意識の奥から姿を現す。

いつか、もっと思い出せる日がくるような気がする。無意味に思える記憶を、生きていけば得られる新しい視点で見つめれば、隠された答えに気づくことができるんだろうか。

会ったことのないわたしが、そこの角を曲がってくるのを待ち構えるみたいに。わたしは、将来のわたしが記憶の空白を眺めることを楽しみにしている。

混浴のバスケットボール　@岩手県の老舗温泉旅館

温泉の季節がやってきた。

わたしは無類の風呂好きである。

昔の平城京のごとく病魔に襲われまくっている家系である岸田家では、健康一番、カステラ二番。母は「食事と睡眠と風呂だけはしっかりしとき」と耳にタコができるほど言う。わたしが実家で暮らしていたころは、シャワーだけで済ませようものなら、風呂場でキュッと蛇口をしめる音を聞きつけて「湯船に浸かりや」と鬼の刺客みたいに現れたものだ。

最初は面倒で仕方がなかったが、二十代後半にさしかかった頃から、もう湯船に浸からずして気が済まなくなった。いきすぎた反動で、ユニットバスに恐怖すら覚えている。ゆっくり浸かるように考慮されていないあの構造に身体がむずむずしてしまう。出張の際はかならず大浴場のあるホテルか、バス・トイレが別々に分かれているホテルを血眼になって探す。宿泊予約サイトの検索項目では「大浴場あり」は用意されているが、「バス・トイレ別」はあまり見かけない。掲載されている写真を、一枚、一枚、なめるように見て、風呂の形状を確かめる。もはや部屋の値段と面積を見ただけで、どんな風呂が備え付けられてるのか大体わかるようになってきた。

大浴場のあるビジネスホテルに泊まったとき、脱衣所にでっかく人工温泉という看板が掲げられていて、「なんと気の利《き》いたことでしょう！」と感激した。湯にあとから天然鉱石をぶち込んでいるらしいが、へとへとに疲れた心身には嬉しいサプライズだ。

天然温泉なら、なお良い。ところでさっきから感激だとか良いとかえらそうに語っているが、料理の繊細な味覚に疎い「子ども舌」があるように、わたしは「子ども肌」だ。湯質の良し悪しなどわからない。目隠しをされた状態で「草津の湯だよ」とささやかれて湯船に放り込まれたとすれば、たとえそれが「旅の宿にごり湯シリーズパック」を溶かした湯であっても気づかず、「いい湯だな」と堪能すると思う。真偽は問わずともとにかく温泉だと言われるだけで、身体が芯まであったまり、肩こりや腰痛が消え失せるような気がする。

そんなわたしが、唯一、つま先を入れただけで「これは本物のいい湯だ」と雷に打たれたような温泉があった。それは岩手のとある老舗旅館にある。障害のある人たちのアートを〝異彩を、放て。〟をミッションに展開する株式会社ヘラルボニーの代表であり、東北出身である松《まつ》田崇弥《だたかや》さんと会うことになったとき、ちょっと値は張るが、ぜひ泊まってほしいとすすめられたのだ。彼は良い人だ。わたしのような良い人風味ではなく、本当に良い人だ。良い人か、良い人風味かは「知られざるお気に入りの良い店を他人に教えるか」でわかる。わたしは断固として教えないが、彼は教えるのだ。その上に予約まで取ってくれるのだ。

仕事を終え、旅館で受付をし、部屋に荷物を置いて一息ついたら、すぐ浴衣に着替える。わたしの心臓は不穏に鳴っていた。温泉は楽しみだ。しかしそこの浴場は、昔ながらの混浴なのだ。男女別の浴場もあるのだが、ロケーションも湯質も段違いだと事前にネットの情報を仕入れていたわたしは、覚悟を決めた。誰かれ構わず異性に裸体をさらす趣味はない。できることなら見られたくない。それでもわたしは、良い温泉に、浸かりたい。

長年の東北の厳しい天候に耐えぬいてきたであろう、大きな木造の館の長い廊下を、ぎしぎしと軋ませながら渡る。途中でわたしより少し年上くらいの女性のグループとすれ違った。ただの湯上がりの光景だが、混浴を経験しているというだけで猛者《もさ》に見える。廊下のつきあたりの扉をあけると、屋外に通じていて、二手に分かれていた。「男性更衣室」と「女性更衣室」。一応そこは別々なのか、と来たるべきときが遠のいたことにホッとする。女性更衣室には、いくつかカゴに浴衣が畳まれて置いてあるが、誰もいなかった。ということは、すでに湯船にいるのだ。猛者たちが。

細長いフェイスタオルをだらんと白線流しのように垂らして、身体を覆いながら外に出る。途端に、想像の三倍くらい広い露天風呂の湯船から吹き出る湯気に視界を遮られ、真綿のようにふわりとした熱気に包まれた。桃源郷《とうげんきょう》。三文字が頭に浮かぶ。三メートル先はもうぼんやりとして見えないのが救いだった。床の桶を拾い、ざばざばと湯をすくって身体にかけ、タオルを畳んで頭の上に載せ、いざ湯船に。足先を入れた瞬間、肌と湯の境界が溶けるようだった。なんだこれは。まろい。まろすぎる。そんな表現が温泉用語にあるのかは知らない。湯はうっすら濁っていたので、それなりに熱かったが肩までつかる。初冬の東北の風が、汗ばんだ頭だけを冷やしてくれるのが気持ちいい。カバのように低い姿勢で岩場のかげまで移動し、そこでようやく、落ち着いてあたりを見渡す。温泉街のぼうっとした橙《だいだい》色の光に照らされた陸橋が遠くに見えて、まさに桃源郷の眺めだった。名だたる文豪がここで休暇を過ごしたことも頷ける。

その次に目に入ったのは、入り口に近い湯船の、ちょうど階段になっているところで語り合う老人と老婆だった。どちらも皺々《しわしわ》で、老婆は階段の上に座っているので半身浴状態なのだが、ウツボカズラのようにしなやかに下がる乳房は入水していた。その隣で老人が、景色を眺めながら相槌《あいづち》を打っている。

「いま調子がよぐで、級が上がりそうなのよ」

囲碁クラブの話をしていた。二人とも地元民らしい。この旅館は地元民のちょっと贅沢《ぜいたく》な公衆浴場の役割も果たしていて、日常的に訪れる人も多いそうだ。

二人の様子を見て、なぜだか深く感動をしてしまった。いい。この人生がいい。よぼよぼの身体になっても、恥じらったり、隠したりすることなく、さらけ出すようになんでもない会話を楽しむ。入浴という面倒な日常と、語り聴くという生きがいが、この湯と肌のように境界をなくして溶け合っている。

ずっと眺めていたい気持ちになったが、ふいに視線を左奥に移した。仰天した。そこには、湯船の外、洗い場に向かう床の上で、両手を後ろにつき、足を伸ばして座る、とんでもなく艶《あで》やかな中年女性。もちろん丸出しである。上も下も実が出ている。それだけなら思い思いに風呂を楽しんでいるだけだが、わたしが目を疑ったのは、隣にあぐらをかいて座る男性が彼女の両乳をばいんばいんばいんと揺らしていたのだ。回した分だけ徳が積めるという、チベット仏教のマニ車のように。真顔でばいんばいんばいんと。女性はどこか母神のような微笑みを浮かべながら彼の話に相槌を打っているが、なにもかもがわからない。

混浴には、ワニというマナー違反者を指す名称がある。女性の身体をエロい目的で見るために湯船に潜んでいる不届き者がワニである。残念ながらこの湯船にも、ダークサイドならぬワニサイドへ落ちそうになっている男が数人いた。しかしそのワニたちも今や、ばいんばいんばいんばいんに目が釘付けである。ラッキースケベに喜ぶよりも、カオススケベに唖然としている様子が伝わってきた。おもむろに、両乳を揺らしていた男性が「シュート！」と言って、両乳を下から持ち上げたのち、二人は連れ立って洗い場へ向かった。バスケか。あれはバスケットボールだったのか。いまこの温泉ではワニも、ワニでない者も、心が一つになっている。平常心を保って温泉を楽しんでいるのは、囲碁の話に花を咲かせる老人と老婆のみである。ああ。やはりその人生がいい。

あの時ほどいい温泉に巡り会えたことはないが、同時に、あの時ほど恐ろしい温泉に巡り会ったこともない。生きているうちにもう一度入ってみたいとは思うが、あれ以来、混浴に行く勇気がすっかりたち消えてしまった。もっと他にも温泉の楽しみ方を模索してみようと、四泊連続で温泉宿に泊まったこともある。わたしの地元には有馬《ありま》温泉という名湯街があるのだ。高校生のときにアルバイトでもお世話になった。『千と千尋の神隠し』もびっくりなド激務と、美味い酒に呑まれた客の乱闘に心がへし折れて、早々に辞めてしまったけど。四泊もするのでリーズナブルなホテルを選び、一泊目にリモートで仕事をしながら朝昼晩と三回温泉に入って

「これは正解かもしれん」と喜んだが、二泊目の朝からゲンナリし始めた。湯はいいのだが、朝食バイキングの品数が異常に少なく、なぜかコロッケとがんもどきとグラタンは同じ味がするのだ。温泉宿は一泊二日の客が多いというのは、それが一番楽しめる日数だからかもしれない。温泉に浸かっていても、明日にはまたあの朝飯を食わねばならんのか、と思うと気分が重くなる。なんて贅沢な悩みだろう。温泉の神がいたら湯桶で後ろから殴られる。

今は空前のサウナブームが到来している。「サウナに行きましょう」「サウナはいいですよ」と会う人、会う人に手招きされるが、わたしは断固として温泉派である。自分にとって最高の温泉を見つける旅を終えるまでは、あのような熱風で自分を汗だくにして痛めつけては解放して悦に入る所業に、脇目を振っている場合ではないのだ。

終わりの連続で毎日ができている

@渋谷《しぶや》　美竹通り

顎の先へ汗が流れるたび、自分が溶けて減っていく気分になりながら、渋谷の美竹通りを歩いていた。

二十九歳になったばかりのわたしは、このところ体調が悪い。九のつく年齢は、岸田家にとっては「なぜか身体の調子が悪くなる年」と信じられているので、覚悟はしていた。母も父も、九がつく年齢で見事に調子が悪くなっていたからだ。年代が一つ繰り上がるというのは、身体にとってそれくらい大変なことなのかもしれない。

わたしは運の悪いことに真夏の生まれなので、九のつく年齢がどうのこうのと言うよりシンプルに、猛暑という暴力にぶん殴られていた。一日の大半をフローリングの床にへばりついて過ごし、故郷から送られてきた肉まんを一日ひとつだけ食べてしのいでいた。

そんなわたしを見かねた友人が、「とにかくまともなご飯を食べよう」と言い、渋谷に連れ出してくれたのだ。

　やっとのことでたどりついた店で、わたしたちは鴨肉と夏野菜がたっぷり載った、冷たい蕎麦《そば》をいただいた。まるでわたしのためにある蕎麦のようだった。わたしのためにある蕎麦は、わたしを相応な元気にしてくれた。


　調子を取り戻すどころか、調子に乗りまくったわたしは、とうもろこしの天ぷら、牛すじ煮込み、いちじくの白和え、抹茶レアチーズケーキまできっちりとたいらげ、はちきれそうな腹をかかえて店を出た。日が落ちて、辺りはすっかり暗くなっていた。

　のぼってきた美竹通りを、転がるように下っていくと、視界のすみっこで何かが動いた。いきなり立ち止まるわたしの膝裏に、友人の膝がぶつかりそうになった。

　コンクリートの壁の裂け目をどうにかしようとして、どうにもならなかった証のように力なく垂れ下がったガムテープの先に、それはいた。

「セミの幼虫やんな」

　わたしが言うと、友人も同じようにガムテープの先を覗き込んだ。

「抜け殻じゃない？」

「違うわ、ちょっとずつ動いてる」

「うわっ、本当だ。よく気づいたね」

昔から、変なものが目に留まる。美しいものや、珍しいものより、とにかくなんとも言えない変なものが。変なものを見ると、変なことを考えさせられる。変なものがわたしに話しかけているのかもしれないと思うほど、よく目に留まる。

動いているセミの幼虫を見つけたのははじめてだった。

セミは幼虫のあいだ、何年も土の中で過ごし、羽化のために地上へ這い出る。つまりこのセミは、ついさっきシャバに出てきたばかりなのだ。まだ人間界の喧噪《けんそう》にも慣れていないだろうに、久しぶりの地上が渋谷とは、肝っ玉が据わっている。人間のわたしですら、有象無象がひしめく渋谷の街に繰り出せるようになるまで、二十五年はかかったぞ。

セミの幼虫はわたしの羨望など気にすることなく、一心不乱にガムテープの上へ上へとよじのぼっていく。羽化する場所を探しているようだ。苦労しているようだが、のぼったガムテープの先には虚無しか広がっていないことを、どうにかして教えてあげたかった。

しばらくしてセミの幼虫がガムテープから滑り落ち、てんっ、てんっ、と跳ねるようにコンクリートの地面へ転がってしまった。「言わんこっちゃない」とわたしは思った。

仰向けになったセミの幼虫は、短い手足をバタバタと動かしてみるものの、空を掻くばかりでどうにもならない。

友人が躊躇《ちゅうちょ》せず、素手でセミをひっくり返した。

「セミになるまで見守ろうか」

「どれくらいかかるんやろう」

「一時間くらいかかな」

「終電が行っちゃうから、やめよ」

セミの幼虫はまもなく念願の成虫になって、十日間という短い夏を謳歌してから死ぬのだ。あっという間に迫りくる終わりに向かって、生きようとしている。そう思うと、余計に目が離せなかった。

セミの幼虫に限らず、命には終わりがある。

というか、この世の大体のものには、終わりがある。終わりしかない。さよならだけが人生だ。そして終わりが目に見えるものになってはじめて、わたしたちは期限があることを思い知り、感動したり、悲嘆したりする。

風に散る桜も、晩夏の花火も、今年最初の雪の華も。終わりが見えるから、目が離せない。

小学生だったころを思い出した。

同じクラスのシュンくんが「俺、アキエちゃんに告白してくるわ」と高らかに宣言し、アキエちゃんがいるであろう校庭へと走り出していった。

この時のシュンくんの背中から、わたしは目が離せなかった。なんというか、シュンくんは輝いていた。セミの幼虫と同じくらいに。

わたしはシュンくんの背中に、終わりを見ていた。なんせわたしは、アキエちゃんの好きな人が、シュンくんの親友・ケントくんであることを知っていたからだ。

数分後には、アキエちゃんにフラれて無残にも爆散するであろう、シュンくんの背中はたくましく見えたし、きっと彼はこの経験を通して一回り大きくなるはずだという偉そうな期待もふくらんだ。

わたしはシュンくんが好きだった。シュンくんの背中に、わたしは、わたしの恋心の終わりを見ていたのだ。シュンくんの背中をブッフェの取皿みたいにして、勝手にいろんなものを載せてしまって申し訳ない。

しかしアキエちゃんは、なぜかシュンくんと付き合った。それならケントくんが実はわたしを好きだという展開かしらとドキドキしたが、ケントくんも普通にアキエちゃんが好きだった。わたしはひたすらに泣いていた。なんなんだ、この話は。

ともかく、わたしたちがセミの幼虫から目を離せなかったのは、迫りくる終わりに惹かれたからに違いない。

セミの幼虫は、しばらく迷うように、その場でぐるぐると回ってみせた。このあたりには羽化するために摑まる、いい感じの木がないのだ。美竹通りを下った先にある宮下公園はついこの間、MIYASHITA PARKという、なんだかオシャレなカルチャースポットになってしまった。セミのごとくミンミンとやかましく鳴きあう男女はいるが、たぶんセミはいない。

ここから五十メートルほど坂をのぼれば小さな緑地がある。そこへ行けば、いい感じの木があるはずだ。

野生の本能なのか、偶然なのか、セミの幼虫は緑地の方に進路を決めた。一歩、一歩、コンクリートを踏みしめて、よろよろと歩き出す。彼だか彼女だかの夏が、少しでも長く、少しでも善くあってから終わってほしいと願った。

電車のなかで、わたしはスマホを開いた。明日の予定を確認するためだった。カレンダーのアプリを起動させると、わたしの近い未来は、無数の締め切りで埋まっていた。家族のエッセイ、書籍のゲラチェック、インタビューの文字起こし。締め切りは、わかりやすい終わりのしるしだった。

いま着ているTシャツは襟がよれてきたからもう終わりで、お腹に入った蕎麦たちは消化されれば終わりで、今日も残すところあと一時間で終わろうとしている。

毎日は、終わりの連続でできている。ただ、目に見えないから、考えようとしないだけで。

終わりは止められない。でもせめて、終わりをきちんと仕舞うか、そのへんに捨てるかは、
わたしだけが選べる。

電車が駅に着いた。わたしも家へ向かって、よろよろと歩き出す。まだ身体は本調子ではないけど、なんとなく、あとはもう良くなっていくだけのような気がした。わたしの二十八歳が終わり、二十九歳が始まったのだ。

一度でいいから食べてみたい　@戸越銀座

一度でいいから、完ぺきなチキンラーメンを食べてみたい。

それは、麺の上に美しい半熟卵をポトンと落としたチキンラーメンのことだ。白身は、麺が見えなくなるほど白く、ふっくら固まっていてほしい。

何度やってもうまくできないので、ネットでせっせと調べたら「コツは卵を冷蔵庫から出し、常温に戻してから割る」とのことだった。

卵が常温に戻るまでは、だいたい二時間。

無理だ。絶対に、無理だ。断言できる。

二時間前から卵を準備できるほど、計画的に生きられていたなら苦労はない。草木も寝静まる丑《うし》三つ時、急にチキンラーメンが食べたくなって、パジャマでサンダルをひっかけ、最寄りのコンビニへ駆け込み、眠気でダルそうな大学生のアルバイトにお金を払い、お湯をたっぷり入れ、アチアチアチチとダチョウ倶楽部のステップで家へ舞い戻って、妖怪のごとく背を丸めて麺とスープをたいらげる。仕上げに迫りくる後悔で枕に顔を埋《うず》めるまで、たったの十五分。親元を離れてから、そういう生活を十数年は繰り返してきた。呼吸するように、無計画な生活を。

さて。

完ぺきなチキンラーメンを作れないわたしが、このたび引っ越しをすることになった。人間の生活においてもっとも計画性が求められる行動ベスト5には入る、あの、引っ越しを。

これまで一人暮らしの家を三度変えてきたが、まともな引っ越しと呼べる引っ越しは、一度しか経験がない。最初は家財道具を片づけることすらままならず、すべてをかなぐり捨て、トラックすら呼ばずに着の身着のままで新居に突入した。

作家として独立して、戸越銀座にある社宅を出ることになったとき、ようやくはじめて、家財道具とともにまともな引っ越しと呼べる引っ越しをした。

引っ越しは、想像力がものを言う。知識と経験がなければ、想像力はトンチンカンな方向に膨らんでしまうので意味がない。

知識と経験も皆無に等しい一度目の引っ越しは、それはもうひどい有様だった。

六畳のワンルームだったので、荷物はわりと簡単にまとまったとはいえ。

「なーんや。あとは運んでもらうだけやん」

引っ越し前夜。余裕をぶっこいていたわたしのもとに、引っ越し業者から確認の電話がかかってきた。

「冷蔵庫ですが、中身はからっぽの状態ですか？」

「いや、入ってます」

「えっ。なにが」

「いろんなものが」

二日で終わる近距離引っ越しだったので食材や調味料を冷蔵庫に入れたままでも、大丈夫だと思っていた。

電話を隔てて流れる不穏な間に、どうやら大丈夫でないことを悟った。

「もしかして、電源も入ったままですか？」

「そりゃ、まあ」

絶句された。

電話でも絶句ってわかるんだね。なんか、息と唾を一緒にのむ音が聞こえるんだね。

「冷蔵庫は前日から電源を切って、庫内の霜を溶かして掃除していただかないと、運べないんです」

「掃除しないとどうなるんですか」

「すべての荷物がビッショビショになります」

今度はわたしが絶句する番だった。ビッショビショの濡れ犬状態で、水道も電気も通ってない新居に足を踏み入れるのはさすがにたまらん。

「とにかく、電源はいますぐ切ってください。まだ十五時間ありますんで」

「冷蔵庫の中身は……」

「食べるか、捨てるかしてください。いますぐ」

いますぐ、に無慈悲な圧を感じた。

電話を切ってから、一呼吸置き、覚悟を決めて冷蔵庫を開けた。

大量の調味料と、キムチと、乾いてカピカピになった限りなくタワシに近い薄揚げが入っている。よかった。これくらいならなんとかなるぞ。

調味料はガムテープで蓋を閉じて、段ボールで運べばいい。薄揚げは申し訳ないけど供養して、キムチは残り少しだから食べちゃって。

「うん、うん。いける、いける。キムチ単品だけで食べるんはちょっとキツいな……」

冷凍ごはんが残ってたかな。冷凍室を開ける。

そこにはたしかに、一膳分の冷凍ごはんがあった。

三キロの牛肉と豚肉もあった。

霜どころの話ではない。岩石のような塊肉たちが、冷凍室にミチミチと詰め込まれている。

一旦、閉じた。もう一度開けた。やっぱりそこには肉があった。霜もあった。

「なぜ……」

思い出した。

ふるさと納税の返礼品だ。ふるさと納税という画期的なしくみを覚えたばかりのわたしは、欲望に目がくらんで肉ばかりを選んだのだ。A5ランク牛肉と、鹿児島県産黒豚肉を。滅多に入手できない高級肉なので、ここぞという時のために取っておいた。そしてここぞという時が、今日の今日までこなかったというわけで。

ピンポーン。

冷蔵庫の前で打ちひしがれていると、インターフォンが鳴った。

「岸田さんにクール便のお届けものです」

「クール便……？」

配送票を見る。

ふるさと納税返礼品、唐津《からつ》産華味鳥《はなみどり》もも肉二キロ。

膝から崩れ落ちそうになった。

ふるさと納税の連撃。

返礼品は一般的に、納税の申し込みから数ヵ月ほど遅れて届く。一ヵ月おきにいろんな肉が届くようにしていたことをすっかり忘れていた。過去のわたしがいらん気を利かせたせいで、まもなく電源を落とされる冷蔵庫の中の肉は五キロに増量した。

仕事しかしてこなかった都心での生活で、友だちなど一人もいない。単身社会人向けワンルームマンションだから、近所づきあいも存在しない。そもそも深夜に知らん女が生肉持ってたずねてきたら、通報待ったなし。

「どうしよ……」

三十分後。

腹をくくったわたしはすべての肉を、フライパンで焼いていた。無心で焼き続けていた。その量たるや、高校野球強豪校の食堂を預かる寮母だ。

とにかく火を通せば、すぐに腐ることはない。今夜と明朝で食べきればいい。

飽きないように、コストコで入手したヨシダソース、祖父の代から常備してあるエバラ焼肉のたれ黄金の味中辛、スペイン岩塩で味つけのバリエーションを展開した。ぜんぶ大皿に盛ったら、海賊が島に上陸した時の宴みたいになった。

テーブルと椅子はすでにメルカリで売り払ったあとだったので、プレステやファミコンを詰めた段ボールの上に皿をのせた。段ボールに描かれたパンダの巨大な両目が笑いながら泣いているように見えた。

「いただきまあす」

手をあわせて、いただいた。

美味かった。とんでもなく美味かった。

唐突にほろりと涙があふれた。なぜだろう。こんなに美味いものをたらふく食べているのに。

A5ランク牛肉、鹿児島県産黒豚肉、唐津産華味鳥という普段は口にできない上質な肉を一気にかきこんだせいか、貧乏な胃が「これは最後の晩餐だ」と錯覚したんだと思う。臓器が主人の死を直感したのだ。

高校球児になったつもりで、とにかく肉を次から次へと食らった。やがて力尽き、床に敷いたペラペラの布団に倒れ込んで、そのまま眠った。朝になると胃がもたれにもたれており、体はバキバキに凝っていた。それが最初の引っ越しの思い出だ。計画性の、け、の字も見当たらない。

苦い記憶を呼び起こしたところで、二〇二一年五月。いよいよ、二度目の引っ越しの時がやってきた。

引っ越しは知識と経験に裏づけられた想像力がものを言うとさきほど説明したが、つまり単純に、引っ越しは回数を重ねれば重ねるほど、うまくなる。

日本で参勤交代がはじまった頃は、城の武士も農民も総出で一年以上の準備が必要だったというじゃないか。現代はどうだ。人々の叡智《えいち》と技術で引っ越しは進化を続け、二日もあれば越せるようになった。わたしたちは、確実に成長している。

江戸時代の先祖たちに恥じぬよう、同じ轍《てつ》は踏むまいと、わたしは二週間も前から冷蔵庫の中身を着実に消費していった。ドラム式洗濯機の固定器具も取り寄せ、段ボールの中身はすぐに使うものとそうでないものに分けた。

ほくそ笑む。いいぞ、やれてる。計画性というのは後天的に身につけられるんだ。過去から学んだわたしが、完ぺきなチキンラーメンを食べられる日はそう遠くないんだ。

様子がおかしくなってきたのは、引っ越しの七日前である。

「粗大ゴミの回収が……三週間先……?」

パソコンの画面を見つめる目を疑った。引っ越し先の玄関に入らない本棚と、急な長時間の帰省のとばっちりでツルッパゲに枯れてしまった観葉植物の鉢を捨てようと思っていた。

世田谷区では、事前に粗大ゴミの回収にかかる費用をコンビニなどで払い、代わりにシールを受け取って、それをゴミに貼り付ける。あとはウェブサイトで予約した回収日の朝に粗大ゴミを外へ出しておくという段取りになっている。

七日もあれば大丈夫だろうと余裕をかましていたが、なんと、粗大ゴミの回収は途方もないほど混み合っていて、三週間先の予約枠しかなかった。

「これって、回収日より前にゴミ捨て場に置いておくか、預かってもらうことってできませんか……？」

マンションの管理会社に連絡したが、一考の余地すらなかった。

「無理です。引っ越し先へ持っていって、そこで捨ててください」

ゴミと一緒に引っ越すことになってしまった。

今度は、引っ越し業者に電話をかける。

「かくかくしかじかで、本棚と鉢を追加したいんですが」

「えーっと、もうトラックの荷台スペースは決まっちゃってるので、そこまで大きいものの追加はちょっと……段ボールをいくつか減らせますか？」

「ひとつくらいなら、なんとか……」

「そうですかあ。うーん、じゃあ申し訳ないんですけどもう一つ大きなトラックを手配するので、5000円の追加料金になります」

5000円。5000円で大きなトラックを借りられるなら、そこまで高くはない。だけど、これはゴミなのだ。いずれ棄《す》てるものをわざわざ人の手を使って運ぶために、ただでさえ出費の続く財布からお金を出す。とんでもない虚しさを覚えた。

いやね、わたしが悪いんですけど。そうなんですけど。

鉢の植木はもう、そのままマンションの前の植え込みに植えてやろうかと、何度も魔が差した。どうやらそれは国や管理人からメチャクチャに怒られるらしい。どうしてだ。ミキプルーンの苗木はＣＭであんなにありがたく大地に植えられているというのに。

ここから、余裕の態勢がドミノのようにガラガラと崩れ落ちていく。

「引っ越し、順調に進んでる？　もう明日やんね？」

神戸の実家にいる母からだった。

「あのね、おじいちゃんの相続の件やねんけど……」

「あっ」

すっかり忘れていた。三月初旬に亡くなった祖父の相続の手続きの真っ只中であった。

「司法書士の先生から、印鑑証明書を送ってって言われてたやろ」

「うん」

「あれ、明日中に絶対送ってほしいんやって」

「明日中？」

ということは、今すぐ区役所に走って、書類を出してもらわなければいけない。だらだらしていたツケとはいえ、この忙しいときに。

区役所に行き、印鑑証明書がほしいと申し出ると、パソコンをせわしなく叩いていた窓口の人が眉をひそめた。

「岸田さん、こちらで印鑑登録はされていませんね」

「そんなはずは……」

おぼろげな記憶だが、東京で印鑑は登録したはずだ。印影を何度も手でこすってにじませてしまい、もう嫌になったのを覚えている。

「印鑑登録カードはお持ちですか？」

「たしかこのへんに」

大事なものをすべて一緒くたにポンポン詰め込み、大事なものの煮こごりと化した巾着を、カウンターの上でひっくり返す。使っていない何冊もの通帳、健康保険の証書、オリンピックの記念硬貨などのあとに、印鑑登録カードらしきものがポトン、と落ちてきた。

「品川区って書いてますね……」

ここは世田谷区。

「世田谷区に引っ越してから、新たに印鑑登録をされましたか？」

「ええっ。転入届を出したら自動的に印鑑登録もアレされるんじゃないんですか？」

「アレされませんね。引っ越した時点で登録は抹消されます」

知らなかった。

「今日中に印鑑登録をしたい場合はどうしたら……」

「実印を持ってきていただいて、窓口で登録してください」

明日には引っ越しをするというのに、今日ここで新たに印鑑登録をすることになってしまった。無論、登録をした直後、転出するので登録は破棄される。なんと儚い。だが、引っ越し先での手続きを待ったら、期日に間に合わない。

問題は、わたしはいま、実印を持っていないということだ。

実家でいろいろと手続きの機会があったので、実家に置いてきてしまった。あと一時間で区役所は閉まる。神戸まで戻る時間なんてない。

踵《きびす》を返し、大慌てで商店街をうろつきまくったが、今日に限ってコロナの影響ではんこ屋というはんこ屋は休業していた。はんこ屋だけに、判で押したように軒並み休業ってね。やかましいわ。

唯一の望みは、１００円ショップだった。

あの、大量のはんこがズラッと並んだ、回転する棚を目指す。「あたしの名字あったよ」「俺の名字、こういうとこで売ってないから不便なんだ」「めずらしいと大変だね」「バーカ、お前も同じ名字になるんだよ」という会話でも聞こえてきそうな仲睦まじいカップルを「ちょっとすみませんね」と押しのけ、棚の前に陣取る。岸田のはんこがあった。三つもあった。名字が勘解由小路《かでのこうじ》とか大炊御門《おおいのみかど》とかじゃなくてよかった。

レジに向かう途中、ふと立ち止まる。

「本当にこれを実印で登録してしまってええんやろか……」

不安になってスマホで調べた。

１００円ショップで売ってる印鑑は三文判というそうだ。

『三文判は、機械で大量に生産された既製の印鑑のこと。基本的には認印用で、すぐに複製でき悪用されやすいため、実印用としては避けるべきです』

知らんおっさんが、わたしの代わりに千日前あたりの一等地を三文判で契約し、いつの間にかわたしが数百億円の借金を背負うという最悪のシーンを想像した。恐ろしすぎる。手のひらにのった印鑑に視線を落とす。

戻そうか。いや、でも、相続が。だけど。

南無三。

心で叫び、わたしは三文判を購入した。登録して書類を受け取り、すぐに転出届を出せば、抹消される。なんとかなる。

区役所にトンボ返りし、印鑑登録の手続きをした。窓口のお姉さんが、

「本当にこの印鑑でいいんですか？　本当に？」

と何度も戸惑いながら尋ねてくれたが、「やっちゃってください」としか言えなかった。かくしてわたしは、たった一通の印鑑証明書のために実印登録をし、数秒後に抹消した。

クタクタになりながら家に帰ると、ちょうど、宅配便のお兄さんと鉢合わせた。そうだ、そうだ。実家に送る小包の引き取りをお願いしたんだった。あぶなかった。

「引っ越しっすか？」

いつも愛想と元気がよく、ちょっとやんちゃな感じがするお兄さんが言った。

「そうなんですよ」

「そうっすか……。岸田さんちに荷物運ぶの、おもしろかったんで、ちょっと残念っす」

「おもしろい……？」

「ご自分の等身大パネルとか、むき出しのドラえもんとか、いろいろ運ばせてもらったんで」

お兄さんがちょっとしんみりしていたので、素直に言葉のまま受け取ることにした。

「今までお世話になりました、ご苦労様です」

「ほんじゃ、お元気で」

パタン。

小包を持って、お兄さんはいなくなった。ご近所づきあいなんてやっぱり生まれなかったけど、こういううっすらとした、だけどほんのり温かいつきあいは築けていたんだ。悪くない日々をここで過ごせたと思う。

ピンポーン。

感慨を打ち消すように、インターフォンがなった。

「岸田さんにクール便のお届けものです」

お兄さんとはまた違う業者の人だった。

とてつもなく嫌な予感がした。

ふるさと納税返礼品の、まるみ豚ハンバーグ二キロだった。

数時間後、さっき感動的に別れたはずのお兄さんが戻ってきた。

「はい、お預かりします。ども」

実家へクール便で送ることにしたまるみ豚ハンバーグ二キロを、お兄さんが苦笑いしながら抱えて持っていった。配送費は２３８０円だった。

昼も夜も食べそびれたので、引っ越し蕎麦は緑のたぬきだった。どうしても、一度でいいから、完ぺきなチキンラーメンを食べてみたい。食べられる自分になってみたい。

無力なパンダは、不幸にならない
@神戸ハーバーランド

スーパー銭湯の休憩所で、わたしはパンダになっていた。

平日の昼すぎで、客はまばらだ。後ろのカップルはスマートフォンで動画を見ながらクスクス笑いあい、前のおじさんは本棚から拝借した漫画『ザ・シェフ』を読みふけり、隣のおばさんは豪快な寝息をたてている。彼らには、思い思いに身体と心を休めるという目的がある。忙しい現代において、それは生産性がある。

一方のわたしはどうだ。

このところ一日二時間しか寝ていないのに、眠ることもできず、かといって漫画や動画を楽しむ気力もなく、大の字に倒れこむ。ときどき五分ほど気絶するように眠りに落ちても、天井の送風機の音ですぐに目覚めてしまう。休憩所で、まったく休憩できていない。

神戸市立王子《おうじ》動物園で、昔お目にかかったパンダはよかった。ごろんと寝返りを打ち、でろんと座っているだけで、胸の奥がキュウンとなるほどの価値があった。わたしは、パンダだ。こうしているだけで価値があるのだ。馬鹿げていてもそう思い込まなければ、自らの非生産性に耐えられぬ。

ふと目線をあげれば窓に映るのは、ふくふくと幸福そうなパンダとは似ても似つかない、貧乏神でも気の毒がりそうな青白い顔である。

わたしはここで、母の手術が終わるのを、じいっと待っていた。

家族の手術を待つといえば、目に浮かんでくるのはだいたいドラマなどで「手術室の前のベンチで手を組み、祈り続ける」シーンではないか。「スーパー銭湯の休憩所で、呆然とパンダになる」のは、わたしだけだと思う。

神戸に住んでいる母が、感染性心内膜炎で入院し、手術することになった。

診断が下る前から、母は二週間も自宅で高熱に耐え続けていた。最初はコロナを疑い、いくつもの病院に電話をして、ようやく診てくれそうな病院で検査をしてもらった。結果は陰性だった。

母は「コロナじゃなくてよかった」と息をつき、医師も「コロナじゃないから大丈夫でしょう」と言った。どちらの表情にも安堵が浮かんでいた。原因は特定できないが、たちの悪い風邪をこじらせているか、ばい菌によって炎症を起こしているので、抗生剤を飲めば治るだろうということになった。

コロナじゃないとわかった母は、とたんに気が抜けたのか、

「おそばが食べたい、とろろの」「できるだけいろんなフルーツがブレンドされたジュースが飲みたい」

などと、食欲を大爆発させた。

それらすべてを買い物競走のように走りまわって集めたあと、わたしは仕事のために自宅のある東京へと急ぎ足で戻った。数日、自宅で休んでいる母の様子を電話で確認していたら、高熱が微熱に変わり、少しずつ回復していった。


かのように、思えた。


発熱して二週間、母の熱は三十九度台から下がらなくなり、猛烈な頭痛が起こった。

「大丈夫ではないかもしれへん」と、電話越しに母が弱々しく言った。

これはただごとではないので、東京での打ち合わせを切り上げ、新幹線に飛び乗った。検査をした病院では手に負えないとのことで、十三年前に母の大動脈解離の手術をしてくれた大学

病院に電話をすると、すぐに救急で来いと言われた。

その大学病院では、コロナ疑いの患者を受け入れていない。たくさんの重症患者が入院している院内で感染が広まれば、手に負えなくなるからだ。

すでに母はコロナの検査をしていて、陰性だとわかっていたことは、一つ目の奇跡だった。これがなければまず、別の病院を受診するように指示されていたはずだ。そんなことをしている間に、手遅れになっていたかもしれない。

ぐったりした母が乗る車いすを押し、駐車場から救急外来の入り口まで一目散に向かう。腕にかかる重さが、いつもとは違った。車いすではなく、荷物をギッチリ載せた台車を運んでるみたいだ。体重は変わらないはずなのに、母のしんどさが重さになって伝わってきた。

救急外来へ行くと、先生と看護師が出迎えてくれた。

「岸田さん、よくがんばりましたね」

熱と血圧を測りながら、でっぷりと恰幅のいい先生に微笑まれたとき、わたしと母がまとっている張り詰めた空気はたちまち緩んだ。

ずっと不安だったのだ。自宅で待機していたのは間違いだったのではないか。市販の解熱剤を飲んではいけなかったのではないか。大学病院にまで来るのは大げさだったのではないか。経験したことがない症状とこのご時世だからこそ、自分たちの判断に自信が持てなかった。

でも「よくがんばりましたね」という一言で、しんどさと戦ってここに辿り着いた、という事実は認めてもらえた。がんばったのは、決して責められることなんかじゃない。弱りきった心に、その言葉は効いた。

もしこの先、どうにもつらくなってわたしを頼ってくれる人がいたら、結果はどうであれ同じ言葉を口にしようと誓った。


母はその日からすぐ入院となった。原因がわからないので、身体のあちこちを検査するらしい。

「ちょっと聞いてや。カメラを呑んで、食道から心臓を診るって言うから、細い管を予想しててん。そしたら予想の三十倍くらい太くて！　節分の巻き寿司を丸呑みするような感じやねん。巻き寿司やで？　節分もう過ぎてもうたのに」

病室にいる母から、のん気な電話がかかってきた。

「ちゃんとカメラ、呑めたん？」

「それがな、わたしがあまりにもオエオエ苦しむもんやから、麻酔かけてもらってんけど。効き目が強すぎたらしくて、呑んだ瞬間に意識失って、気づいたらベッドの上やった」

「へえ」

「ちょっと損した気分やわ」

人はオエオエ苦しんでいても、こういう経験は覚えておきたいもんだろうか。

こんな話を笑ってするくらい、わたしたちは安心していた。病院にいれば、とりあえず面倒を見てくれる人がいるし、悪化することはないはずだ。

そう思っていたのだけど、ひととおりの検査が終わった、入院三日目の夜。

「検査の結果、かなり悪い状況だとわかりました。手術が必要になるので、いまから病院に説明を受けにきてください」

先生から電話がかかってきた。しかも救急で出迎えてくれた先生とは、違う先生だった。心臓血管外科にかかっていた時の、母の主治医だ。ものすごくえらい人のはずだ。

「あっ、これはやばいぞ」と直感した。

深夜、病院に到着し、七階のカンファレンス室へ入ると、二日ぶりに顔をあわせる母がいた。げっそりしているが、車いすを自分でこいでいる姿を見ると「そこまで悪くはないかも」と思えた。

先生がモニターに白黒のエコー映像を映し、サクサクと説明をはじめる。

「これはお母さんの心臓です。いつもとどこが違うか、わかりますね?」

まったくわからなかった。母もわかってなかった。顔にできたニキビならどんだけ小さくてもわかるのに、内臓になるとさっぱりわからないなんて、人体は不思議である。

「通常、心臓の血管には弁があって逆流を防ぎますが、お母さんの血管はジャジャ漏れです」

「ジャジャ漏れ……」

ジャジャ漏れ、というインパクトの強すぎる言葉を繰り返しながら、二人して間抜けな顔でモニターを見つめた。ジャジャ漏れの心臓を。

「感染性心内膜炎といって、ばい菌が心臓に棲みつき、弁を食い荒らしてるんです。お母さんの弁は、大動脈解離の手術で人工弁に換えていますから、ばい菌がよりつきやすくて」

そんなゾンビ映画みたいに恐ろしいことが母の心臓で起こってるなんて、想像もできなかった。

「このばい菌は、血流に乗って脳にも散らばっていきます。病院へ来るのがあと数日遅ければ、心不全か脳出血で亡くなっていたはずです」

あと一歩遅れていたら、命を落としていた。

実はそのフレーズを先生から聞くのは、人生で三度目だ。

一度目は、心筋梗塞を起こした父の主治医からだ。彼は「もう少し遅ければ、ダメだったかもしれませんが、今ならまだ大丈夫ですよ！　安心してください」と、付き添った母に言った。それを聞いて母はホッとしたのだが、手術で開胸すると状態がよっぽど悪かったらしく、父は目覚めることなく亡くなった。

二度目は、母の十三年前の手術のとき。二度目と今回の共通点は、先生は決して「大丈夫ですよ」とは言わず、まっすぐこちらを見据えて「命を落としたり、重い後遺症が残ったりする可能性の高い、きびしい手術になります」と言うことだった。

それを聞くと、ヒッと声が上ずってしまうけど、最悪のことを告げてでも覚悟させてくれる先生の方がなんとなく信用できた。

「できるだけ早く手術をしたいのですが、いまは集中治療室も手術室も空きがなくて……明後日になるかと」

「もしかして、娘と顔を見て話すのは、これが最後になるかもってことありますか？」

母が先生に聞いた。

先生はうなずいた。マジかよ。

「この病院では、コロナ対策で患者さんへのお見舞いをすべてお断りしています。なので、次に娘さんにお会いできるのは、退院するときになります」

「退院ってどれくらいかかりますか？」

「そうですね、二ヵ月くらいでしょうか」

あくまでもそれは、手術が成功した場合だ。手術中に死んだら、それもできなくなる。そうなれば、正真正銘でこれが最後だ。

心の準備が、まるでできていなかった。

父の死にも、母の大手術にも、立ち会った。そのときは突然で、大切なことはなにも話せず、すごく後悔した。特に父とケンカしたまま語りあえなかったことは、今でもつらい。

でも、三度目になっても、わたしの頭にはなにも浮かばないのだ。

「大丈夫、大丈夫やから」

カンファレンス室を出る母の背中をさすさすとなでた。不安にさせたくないから、絶対に泣くもんかと思ったけど、ぼろぼろと涙があふれてしまった。母は「大丈夫や」とだけ答えて、看護師に車いすを押され、廊下の奥へと消えていった。

一階まで階段を降りながら、母とＬＩＮＥのやりとりをした。

「来週、ドライブレコーダーを取り付けてもらう予定やったから、ディーラーに電話して、二ヵ月後になりますって言うといてくれへんかな」

死ぬそぶりがまったくない、おつかいの指示だった。いつもの母だ。

そのとき、ふと思った。ああ、とりつくろった最後の会話なんていまは必要ないくらい、普段から母にはいろんな気持ちを伝えられていたのだ。だからわたしたちは、大丈夫、と伝えあうだけでよかった。なにも後悔することなんてない。

一階の廊下で、救命救急センターの入り口を横切った。十三年前に母がかつぎこまれた場所だ。当時と変わらず、待合用のベンチの前には、黄色いワンピース姿でうつろな目をした女性の絵画が飾られていた。前は一晩中、この人と目が合っていたので、ものすごく怖かったけれど、今はすがりつきたい気分だ。ねえ、どうか、母を頼むよ。


翌日、二つ目の奇跡が起きた。

なんと手術を予定していた患者さんの一人が、直前になって、手術をキャンセルしたそうだ。一刻を争っていた母が、その空き枠にぶち込まれることとなった。

「いまから手術らしいわ」

朝八時に母からＬＩＮＥがきて、あわてて電話をかけると、なんともうつながることはなかった。あまりにも突然のことだったので、母は有無を言わさずストレッチャーに乗せられ、かっぱ寿司のすし特急のごとくガラガラと手術室へと直行していったのだ。命をかけた手術なのに、呆気《あっけ》なさすぎて、びっくりしてしまった。

手術は最低でも十時間、長ければ二十四時間もかかるという。この時間が、とてつもなく長く、とんでもなく苦しい。医師も看護師も母も、頑張っている。だけど、わたしができることなんて、なにもない。手術室の前で祈れるならまだしも、病院にすら行けないから、家で布団にくるまっているしかない。

無力だ。無力に打ちひしがれると、時間は異常なほど遅くながれる。

その日は昼から編集者とオンラインで打ち合わせだったから、中止してもらおうとしたけど、彼は「こういう時こそ、雑談でもして時間をつぶした方がいいよ」と言ってくれた。それもそうだ。

「岸田さん、ものすごく顔色悪いな。寝れてないよね」

「寝れてないですね」

こういう時、無理にでも寝ろ、というのはよく言われることだ。しかし彼はちょっと違った。

「マッサージでもなんでも行って、無理やりにでも気絶させてもらった方がいいよ」

「気絶？」

「うん。自分では眠れないと思うから、そういうところに行った方がいい」

そんなことをすすめられたのは、初めてだった。家族が命をかけて手術を受けているのに、リラクゼーションなんて不謹慎だ。そう思っていたけれど、この時間のながれの遅さにそろそろ耐えられなかったので、彼の言葉を信じてみることにした。

わたしなりに考え、マッサージだと長時間電話に出られないことが不安なので、サッと身体を温められるスーパー銭湯を選んだ。場所は神戸市のハーバーランドで、病院からも近いので、それも少し心強かった。

湯船に浸かったのは、一週間ぶりだった。気持ちよさに身体が溶けそうになる。湯上がりに館内をうろうろしていると、最上階に展望足湯庭園というのがあると知った。

神戸の夜景を見下ろしながら、足湯に浸かってみた。ちょうど、病院の方へつながる高速道路を、ライトを灯した車がせわしなく行き来している。

モニターで見た、母の心臓みたいだなと思った。動脈と静脈。上り車線と下り車線。どちらも休むことなく流れていく。眠っている間にも、いまこの瞬間にも。

それをじっと眺めていると、時間が過ぎていくのが目に見えて、嬉しかった。わたしは今、無力だ。人は「努力をしても無駄だ」と思い込んだ瞬間、不幸の沼に沈んでしまうらしい。その思い込みは呪いとも言う。呪いを断ち切るには「無力を受け入れた上で、努力する」しかない。無力を受け入れるというのは、自然を受け入れるのに似ている。雷雨や豪雨のなか、洞窟にもぐり、耳と目をふさいでじっと待つ。だけど待つことさえできれば、いつか雨はあがる。待つことは、努力だ。いまのわたしは、努力している。不幸に沈んではいけない。雨があがった時、洞窟の外へはい出す気力を失ってしまう。

一ヵ月前、今の医学では完治しない病気にかかっている人たちに、インタビューをする仕事があった。その人たちはみんな明るくて、人生を楽しんでいた。もちろん、夜中にフッと気分が穴に落ちてしまうことはあるけれど。それでも共通していたのは「未来を考えないようにしている」ことだった。未来をちゃんと考えなさい、とわたしたちはかつて学校で教わった。しかし、未来を考えないことが、明るく生きる武器になることもあるのだ。

現在を見る。この瞬間を見つめて、ただ、待つ。意志を持って過ごしてきた時間は、すべてを解決してくれると、わたしは思う。

足を湯から出して、休憩所で寝転び、わたしはパンダになった。とにかくパンダになることで、待った。

手術がはじまってきっちり十二時間後。先生から電話がかかってきた。

「無事に終わりました。いまは集中治療室で眠っていますが、明日の午前中には目を覚ますと思います」

「……ありがとうございます！」

スーパー銭湯の非常階段で、わたしは叫んだ。まだ油断はできなかった。重い後遺症があるかどうかは、目が覚めるまでわからないからだ。

とにかくまた、明日の午前中まで耐えよう。そう思っていたら、三十分も経たずして、また電話がかかってきた。

ヒヤッとした。なにか、あったんじゃないか。

「あのねえ！　お母さん、もう目が覚めちゃった。よっぽど起きたかったたんだね。後遺症もないよ」

予想外のことに、先生は笑っていた。

「早すぎたから、痛み止めがまだ効いてないみたいで、痛いみたい。鎮静剤打つね」

「はよ眠らせてやってください！」

わたしも笑ってしまった。命拾いした母もきっと、もっと寝ておけばよかったと、笑っているだろうと思う。

剝いてくれるんなら、一番美味いもの
@福島産の桃を前にして

好きな果物はなにかと聞かれると、いつも答えに悩む。お裾分けをいただけるチャンスかもしれないと思うと、余計に悩む。わたしの好きな果物ランキングは「剝かれた状態」なのか、「剝かれる前の状態」なのかで、著しく様相が変わるのである。

剝かれた状態、つまりあとはもう口に運ぶだけというお膳立てをされているなら、ランキング一位は桃、二位はマンゴー、三位は梨だ。書いているだけでも芳醇な香りが鼻腔をくすぐって、反射でよだれが垂れそうになる。

しかしこれらが、スーパーの袋の中にガサッと入れられて「これ、親戚んちから送られてきたから」と手渡された場合、途端によだれが引っ込んでいく。

果物を剝くのがとにかく面倒くさい。

最初からさじを投げたわけではない。一人暮らしをしたばかりでウキウキが最高潮だったとき、わざわざおしゃれな八百屋まで足を運び、料理のハウツーサイトを頼りながら剝いてみた。結果は惨敗であった。包丁で切ろうとして初めてわかる、桃の圧倒的な柔らかさ。くぼみに沿って切り込みを一周入れ、ねじるように種を外すところまでなんとか辿りついても、肝心の皮がペロンと剝がせない。親指の爪くらいの大きさで、ぼろりと千切れる。潰れた果肉から汁があふれ出し、遠い惑星の地表のようにボコボコして一回りも二回りも小さくなった桃を皿に並べたときの切なさったらない。

マンゴーも大変だ。マンゴージュースやマンゴーアイスのパッケージによくある、亀の甲羅みたいに切られた状態で最初から存在している果物だと思っていたが、あんなにも人間の一口サイズに都合よく特化された食べものが自然に生《な》るわけもなく、都合よく切ってくれる人が常にいただけのことだった。

梨はもう、皮のままかじりたい。りんごがかじれるなら、梨だってかじれるはずなのに。梨は皮がモサモサしてて、不味《まず》いったらありゃしない。

一人暮らしをしてから、わたしの好きな果物の一位はみかん、二位はぶどう、三位はいちごに変化した。人生はまだ五回表を過ぎたばかりというのに、投手から捕手までオールメンバー総入れ替えだ。ああ、この両の手だけで、サッとゆすぐだけで、味わえる果物のなんと尊きことか。

もっぱらわたしに桃やらマンゴーやらを剝いてくれるのは、母だった。わたしはあまりに恵まれた時間を無自覚に過ごしてきた。よだれの代わりに涙が出てくる。

食後のデザートとして出してくれることが多かったものの、思い出深いのは、わたしが高熱で寝込んでいるときに出してくれたこと。ゼリー飲料やポカリしか味わっていない火照った口の中で転がす梨の美味さよ。梨ってこんなに味が濃いんかと脳に稲妻が走った。

病気で弱っているときに食べる果物の美味さに味を占めたわたしは、風邪の引きはじめを察知するとまだ元気なうちにスーパーへ寄って果物をしこたま買って帰り「今晩あたり梨をお願いします」「熱が出たら桃を出してください」と母に懇願していた。

看病してくれる人がそばにいるというのは、本当にありがたい。

先日、ウイルス性の胃腸炎が岸田家で猛威をふるい、一家全滅してしまった。抗生剤が効かないので自然治癒を待つしかないが、その代わり三日もすれば治るといわれている。発症してから二十四時間の症状が激烈だ。胃腸の壁がズタズタになり、食べものはおろか水すらも飲めず、吐くか下すかしてしまう。十五分に一度、激しく吐くのだが、この瞬間が信じられないくらいしんどい。呼吸ができず、喉の奥をたわしでゴシゴシされるような不快感に襲われ、いっそ気絶したいとすら願う。

リビングでわたし、洋室で母、和室で弟が洗面器を抱えて同時にうずくまるという惨事であった。大動脈解離、心内膜炎という心臓の大変な病気を二度も乗り越えた母が「あれは……重症すぎて病院で気絶してたからあんまり覚えてないけど、こっちの方が気絶できへんからしんどい気がする」と泣いていた。今考えればそんなわけあるかいと思うのだが、その時はわたしも納得していた。人間の記憶は摩訶不思議《まかふしぎ》だ。

まったく同じ時期に発症したが、十五分おきに押し寄せる苦しい波のタイミングは家族でそれぞれ微妙にばらつきがあったので、それぞれ交代でヨレヨレになりながら、ズタボロの家族を看病することになった。看病といっても、果物を剝くほどの体力はない。せいぜいトイレに行くのを手伝ったり、タオルを取り替えたりするぐらいで、息も絶え絶えのまま這い回っていた。老老介護ならぬ、病病介護だ。

三日後、胃腸炎が過ぎ去った三人で食べたざるそばの味は、しばらく忘れられない。

看病の話題になると、生前の父を思い出す。健康なときと、病気のときのギャップが家族の誰よりも凄まじい人だった。

父は優しかったが、基本スタンスとしては強気である。理不尽に怒ることはないけど、理不尽に対しては猛烈に怒る人だった。ＥＴＣのゲートがなかなか設置されず、いつも自動車が支払いの行列を作っている高速道路のインターチェンジで「こんなもん時間の無駄やんけ！　なんで設置されへんねん、俺がちょっと上のモンに言うてくるわ」と運転席のドアを開けて飛び出そうとし、母が「どこの誰に言うねん！」と必死で止めていたのを覚えている。どこの誰に言うねん。

正義感が強く、ユーモアがあった父は、仕事でもプライベートでも後輩に慕われていた。優柔不断で心配性の母を、勇敢かつ大雑把にグイグイ引っ張っていく役割だった。

そんな父が、病気になった途端、ウルトラ脆弱《ぜいじゃく》になるのだ。

風邪を引いて寝込むときの父の口癖は「頼む、一時間おきに俺の様子を見に来てくれ」だった。ぐっすり眠っていても、母に様子を見に来いと言うのである。命令というより、懇願だ。寂しくて不安に飲み込まれるのだ。

そのうちリビングの真ん中で布団を敷いて寝ようとして、母から「どこで寝るねん！」と再び必死で止められていた。

たかが季節の変わり目の風邪でも、「俺はもうあかんのや、これまでや」などと辞世の句まで披露しそうな勢いだった。おでこに冷えピタを貼った情けない姿で。

父は酒にも弱かった。仕事の付き合いでめずらしく生ビールの中ジョッキを二杯ほど飲み干してしまった夜、父は家に帰ってこなかった。酔いが回って気分も悪くなったので、会社近くのビジネスホテルに泊まったのだ。

すると、深夜零時くらいに自宅の電話が鳴った。母が受話器をとると、父だった。

「頼む、ホテルまで迎えに来てほしい」

この頃にはもう酔いなんてすっぱりさめていたのだが、急性アルコール中毒についていろいろ勝手に調べているうちに、父はだんだん恐ろしくなってきたらしい。母はため息をつきながら「ほんまにもう困るわ」と言って、すぐさま迎えに車を走らせた。今も父の思い出話となるとかなりの確率で、母は機嫌良さそうに面白おかしくこの時のエピソードを繰り返す。

先日、わたしが愛してやまない憧れの存在である上沼恵美子《かみぬまえみこ》さんが、テレビのお悩み相談番組で痛烈な返答をしていた。

「妻が風邪を引いているが、なにをしてあげたらいいかわからない」という夫の質問に、上沼さんは「夫は帰ってくるな！　外で泊まれ！」と一喝していた。母は爆笑しながら、何度も何度も残像が見えるんちゃうかと思うくらい、彼女の意見に頷いていた。確かに父は、母の看病となると張り切って、土鍋で粥を作ろうとしたり、豪勢なハーゲンダッツを買ってきたりしても、結局土鍋の在り処《あ か》がわからず、アイスを冷凍庫に入れ忘れておじゃんにするなどを繰り返し、挙げ句の果てに機嫌を悪くして余計に母の手をわずらわせていた気がする。わたしはまだ幼かったので、そういう時に弱った母が誰より頼りにしていたのは、義母だった。

もちろん世の中には、一人では心細いので夫にそばにいてほしいという妻もいるし、甲斐甲斐《かいがい》しく看病をする夫もいるから、この話がすべての夫婦にあてはまるわけではない。わたしの母には、ドンピシャすぎるほどにあてはまっていただけで。

この度の胃腸炎がおさまった後、おもむろに母が「今回の看病MVPは、あんたや」と言い、感謝状を手渡されてもおかしくないほどに篤《あつ》く感謝された。父に似ていることを自負していたが、看病だけは父を反面教師にできていたらしい。こんなに喜んでもらえると、なんだか気分もよくなってきた。

果物を剥いてもらってばかりの人生にも、そろそろお別れを告げるべき時なのかもしれない。今度はわたしが、剥いてあげる番である。

今年は福島産の桃が腰を抜かすほどの出来だと話題になっていた。いま、箱いっぱいの美しい桃たちがわたしの目の前に届いたところだ。さあ、いざ。

書く、出会いなおす　@福岡県　糸島

実家に帰ると、母は朝食を作ってくれた。

ウインナーの下にパリッとしたレタスを敷いたホットドッグ。一人暮らしのわたしにはない発想だ。レタスは値段が高いのにでかくて使いきれないから買わないし、買っても挟むのが面倒だからそのままバリッとむしって、動物園のふれあいコーナーにいるウサギのごとく、むさぼる。

ホットドッグの載った皿にはもうひとつ、老婆心的ベジタブルが添えられている。鮮やかな赤色のミニトマト。

わたしがホットドッグの端から端まで飲むようにして食べても、一向にミニトマトへ手をつけないことに、母が気づく。

「食べへんの?」

大好物を最後までとっておくような理性的行動が取れない娘であることを、生みの親は熟知していた。

「嫌いやねん」

「なんでよ。これめっちゃ甘いねんで」

「とうもろこしとかかぼちゃが甘いのはええねんけど、ブチュッと汁っぽい野菜が甘いっていうのが、なんか気持ち悪い」

母は驚きと悲しみの入り混じった顔をした。

「三歳くらいまではトマトといえば奈美ちゃん、奈美ちゃんといえばトマトやったのに……。丸ごと角切りにしたやつをキャッキャ、キャッキャ言いながら食べてくれたのに」

人生の随所で感じたことのある気まずさがわたしを襲う。これはあれだ。恩情の温度差だ。親戚が集まる法事で「あの奈美ちゃんがこんなに大きくなるなんて。赤ちゃんのときはおばちゃんがオシメ替えてあげてんよォ」と言われたときのアレだ。そんなことをしみじみ言われても、覚えとらんのだ。その恩はさっぱり覚えとらんのだ、赤ちゃんは。生き写しの他人と見間違えられてるみたいだ。

過去の自分と、現在の自分は、連続して存在している。もしかすると修学旅行で北海道の農場を訪れたときに、空から現れたＵＦＯに連れ去られ、宇宙人が侵略の布石としてすり替わってしまったという可能性もあるっちゃあるけど、作風が変わってしまうので、ここでは一旦その可能性は捨て置く。一分前のわたしと、今のわたしは、同じわたし。でも生きていれば、記憶やポリシーは変化する。ゆっくりでもあるし、急激にでもあるけど、十年前のわたしと、今のわたしが同じだとは、わたしだからこそ断言できない。

トマトをキャッキャ、キャッキャ言いながら食べていたわたしは、ここにいない。思い出せない。心当たりがない。

エッセイを書き始めたころ、ある作家さんに悩みを打ち明けた。

わたしは記憶力がいい方じゃない。誰かと過去に交わした一言は鮮明に覚えているけれど、その前後の会話はあやふや。そんなことが頻繁にある。

だからエッセイとして書くときは、あやふやな部分の辻褄をあわせるため、抜けたジグソーパズルのピースを3Dプリンタで出力するように、一から作ってしまうことがある。そうしなければ、他人に思い出を語れないからだ。

それは嘘つきではないか。偽りの記憶で、大切な思い出を汚しているのではないか。

彼は両手を組みながら、静かに答えてくれた。

「僕、ブロッコリーが大好きなんです」

「ブロッコリー……」

「だけど、子どものころは、大嫌いでした。ブロッコリーを美味しいと思って食べている今の僕は、嘘つきでしょうか」

「嘘つきではないと思います」

「つまり、そういうことです」


味覚は変わる。

味を感知する味蕾《みらい》という器官が、年をとるたびに衰退していくからだ。しかし、それだけで食べものの好き嫌いは変わらない。最近の研究では、味覚以外の複数の要素が、好き嫌いを変化させるそうだ。その要素には思い出や経験、つまり記憶も含まれる。

母は、生の肉を食べられない。若いころは好きだったが、たった一度、鳥刺しで盛大にあたってから、口に含むこともできなくなった。反対に、身体に悪い気がして嫌いだったカップ麺は、長い入院生活で薄味の病院食に嫌気がさし、何気なくすすったらば最後、今では必ず日清のどん兵衛を仕事机の引き出しに忍ばせるほど母の好物になった。

味覚だけではなく、記憶も変わる。長い年月をかけて、当然のように。記憶は、誰かを好きになったり、嫌いになったりさせる。

今、わたしの中で、好きと嫌いの対岸をせわしなく行き来している親しい人物は、祖母だ。祖母はこの数年で物忘れがかなりひどくなり、感情的な言動も増えた。

「何時まで遊んでるねん、さっさと寝なさい！　ほんまにしょうもない！」

祖母に見えている世界では、わたしは高校生になることが、仕事道具のパソコンはゲーム機になることが、多々あった。深夜、実家で原稿の締め切りに追われていると、祖母の怒声とともにバチンと容赦なく照明が落とされる。

最初のうちはわたしも声を荒らげて「これは仕事や」と説明していた。祖母が「そうか」と納得して引っ込んだかと思えば、十分後にはまるっと忘れて、またバチン。イライラした気持ちを落ち着かせるため、とっておきのフルーツ大福を食べようと思い立ったが、冷蔵庫から忽《こつ》然《ぜん》と姿を消していることに気づく。時間の感覚を失った祖母は、一日に何度も冷蔵庫を開けては、誰のものでも構わず、片っ端から美味しそうなものを食べるのであった。

「あの練乳入りのいちご大福、美味しかったよ」と一言もらえたら、腹の虫も少しは黙ってくれるのだが、案の定、祖母は食べたことすら忘れている。ああ、虚無に消え去ったわたしのフルーツ大福。こんちくしょう、ばあちゃんなんて大嫌いだ。ガッカリとムッカムカで鼻息を荒くしながら、小腹を満たせるものを探すと、冷凍庫から乾いてパッサパサになった肉まんを見つけた。

「そういえば昔は、遊びに行くたびばあちゃんが551の豚まんを用意しておいてくれたな……」

ふいにじんわりとにじむ思い出とありがたさに、しばし呆然とする。

お互い様、という落とし所の四文字が浮かびはじめたころ、寝床から来襲してきた祖母により、感情は振り出しに戻る。

先日、祖母の家と土地を売ろうとしていると書いた。無事に買い手も見つかったが、売却に必要な権利書が行方不明なので、わたしが一人で家捜しをすることになった。

年季の入ったカビ臭い金庫や引き出しをどんどん発掘してはこじ開けていったものの、ついに権利書を見つけることはできず、代わりに祖母名義のお金の借用書が山程出てきた。返済済みとはいえ、ちょっとびっくりするような金額だったので、母に電話してたずねた。

「ああ、それな、お父さん（わたしの祖父）が亡くなってから作った借金やわ」

祖父と祖母は、大阪の下町で小さな印刷工場を経営していた。祖父が亡くなってから数年と経たないうちに結局、工場はたたむことになったのだが、その数年は尻が燃え盛るほどの大赤字で、家賃や職人さんへの給料が支払えず、祖母は借金をしていたという。

「早くたためばよかったのに、なんも考えへんと続けてたんやろうね。わたしが嫁入りしてすぐ『お金をすぐ送ってほしい。そうじゃないと不渡りを出してしまう』って電話がかかってきて。これで最後やでって言いながら、なんやかんやであわせて800万円くらいはわたしが払ったと思う。新婚で使おうと思ってたお金も、パパ（わたしの父）の死亡保険金も、ぜんぶ無くなって……今でもあの時の惨めさは忘れへんわ」

めったに他人の悪口を言わない母が、この件だけはめずらしく、押し寄せる波のような怒濤の恨み節を吐いたので、よっぽど根に持っているのだと思う。

「育ててもらった恩があるから、仕方ないって納得しとるけど」

家族ってのは厄介だ。情があるからそばにいて苦しいけど、情があるから離れるのも苦しい。

わたしもショックだった。わたしがお気楽な中学校、高校生活を送っている間、母は亡き父が遺してくれたお金も失い、朝から晩までパートに出て、生活費を賄いながら祖母の借金まで返していたのだ。

「そんなん、わたしに言うてくれたら、バイトして家にお金入れたのに」

己の愚かさに押しつぶされそうになりながら、わたしは訴えた。

「親の借金を背負うことのしんどさは、わたしが一番知ってるから。そんなん、あんたらに味わわせたくなかったんよ」

母の意地だった。それで過労になり、大動脈解離を起こして生死をさまよったのだから、これは決して美談ではない。家族ってのは、本当に、本当に厄介だ。

この事実を知った今より一週間前のわたしは、祖母のことがいつにも増して嫌いだった。弟に向かってとんでもなくひどい言葉を投げつけた祖母に、初めて横から「うるさいっ」と怒鳴ってしまった。

なんでこんな人のためにわたしが、と行き場のない怒りを腹の底で煮えたぎらせながら、残置物の片づけのために、また祖母の家を訪れた。こうなるともう、家中のスペースを占めている、趣味の悪い無数の巾着袋やガラクタ同然の家電まで憎くなってきた。祖母はこういうものをどこからかお金を払って集めてきては、捨てられずそこらへ放り出しておく癖があった。

仏壇と貴重品以外は、もう業者に一切合切捨ててもらおう。そう思って、埃のたまった写真アルバムの束を本棚から引き出したときだった。

はらり、と一枚の写真が落ちた。

印刷工場の前で、祖父と祖母、職人さんたちが並んで写っていた。それぞれの足元の雨水溝上に、蛍光ピンク色の粉末が山盛りになったたらいが置いてある。思い出した。これは粉石鹸だ。

弟が生まれたばかりでまだ歩けなかったから、わたしは五歳くらいだったろうか。祖母はよく、わたしを印刷工場へ連れていってくれた。「うるさいし、きたないから」と、母は嫌がって近づかなかった。印刷の機械は本当にうるさくて、壁も床も、オイルとインキがべたべたにくっついていて汚かった。

でもわたしは、この蛍光ピンク色の粉石鹸が大好きで、喜んでついて行った。子どもの肌にはよくないとあまり触らせてもらえなかったけど、仕事を終えた職人さんが次々に粉石鹸を手ですくって、泡立てるのを間近で見ていた。

「これじゃないとな、頑固なインキは落ちへんのや」

祖母と職人さんは、ピンク色の泡を溝に流しながら、どこか自慢げに言った。

「ほら、奈美ちゃん。一枚、持って帰り」

祖母は印刷機から出てきたばかりの、まだぬくい大きな紙を手にとった。それはデパートで売られる子ども服につけるタグで、サイズや値段の印字と一緒に、キャラクターが描いてあった。しかし、こんな小さな工場ではマイナーな仕事しかもらえなかったのか、どこかで見たような気はするが決してメジャーではない、絶妙なコレジャナイ感の漂うキャラクターだったので、わたしはさほど嬉しくなかった。

「おばあちゃんはな、こういうのいっぱい作ってるねん」

またしても自慢げに微笑む祖母を見ると、いらないとは言えず、わたしは渋々それを受け取った。一枚ずつハサミで切り取り、友だちの集まりへ持って行ってみたが、シールでも折り紙でもないただのタグは、捨てるものと同じだから見向きもされなかった。

小さくて汚い印刷工場だったけど、祖母にとっては、孫に誇れる仕事、もしくは、誇りたいと思う仕事だったのだ。

アルバムをすべて本棚から取り出すと、今度は大量の手紙の束が出てきた。祖母と祖父が、お互いに送りあった手紙だ。結婚前の交際期間から、母を妊娠して里帰りしていた頃まで続いていた。

魔が差してちょっと封筒の中身を見たのだが、祖母の筆致があまりにも今の彼女と違って、イケイケのメロメロだったので、これは読んだらあかんと察し、静かに封筒へ戻した。

祖母の送った数と、祖父の送った数は、ちょうど同じになっていた。

祖父は、わたしが物心つく前に亡くなったので、どんな人なのか知らない。母からは「とにかく優しい人やった。あんたが生まれたら毎日のようにデパートへ行って、おもちゃを選んでくれた」と聞かされた。

一方の祖母は、祖父のことをわたしに一度も語らなかった。

だから、こんなにも多くの手紙が交わされていることに驚いた。祖父はどんな人なんだろう。もう一度、中身を開けてみたい衝動に駆られるが、わたしの中の罪悪感がそれを拒む。仏壇の位牌も、こちらを見ているような気がする。

一枚だけ、封書ではなく、絵ハガキが混ざっていた。これくらいなら、偶然を装ってチラッと視界に入れても許されるかな。裏返してみる。

「きみは優しい人だから、きっと気疲れしただろう。どうかゆっくり休んで、それからまた、会える日を楽しみにしています」

どういう文脈なのかはわからない。

ただ、それを読んだ瞬間に、いろんな妄想が頭のなかを駆け巡った。

祖母がお金を借りたのは、祖父の残した印刷工場を守りたかったからなんじゃないのか。祖父が声をかけて集めた職人さんたちを、守りたかったんじゃないのか。いや、もしかしたら、職人さんになんとか続けてくれってお願いされたのかも。あの人たち、年いってて、強面《こわもて》だったもんな。あんな人たちに凄んで頼まれたら……いやいや、人を見た目で判断してはいけない。子どものころに見る大人の顔なんて、たいてい強面だ。じゃあ、印刷機のリース業者に騙されたのかな。金融会社に騙されたのかな。ひょっとして悪い人なんてひとりもいなくて、やっぱり祖母がなんも考えていなかっただけ、なんて。

すべてはわたしの妄想だ。

しかし妄想は、すべての可能性でもある。

祖母はもう、新聞のような小さな文字は、読む気も起きないそうだ。というか、祖母の家には本の一冊も見当たらなかった。祖母に絶対読まれないのをいいことに、こんな話を勝手に書き散らしているのは、わたしのずるいところだ。

でもわたしはそうすることで、祖母を嫌わないで済む理由を必死に探している。エッセイを書くというのは、大切な人と出会いなおすことに近い。わたしは今、目の前にいる祖母を愛せなくとも、エッセイのなかにいる祖母を愛せている。

記憶という得体の知れぬ洞窟の中を、ペンというランタンを片手に、何度も潜っている。本当のわたしは、祖母を好きでいたいと泣きながら叫んでいる。そしていつか、目の前にいる祖母と、エッセイのなかにいる祖母が、洞窟がトンネルへと変わるように、明るい光で結ばれてほしいと願っている。


ここまでの顚末《てんまつ》を、福岡県の糸島で綴った。

わたしは、なにもしないという美学がずっと嫌いだった。寝転がっていても、眠くなる寸前までスマホを眺める。家でご飯を食べるときも、とっておきの映画やアニメを再生する。本を読みながら湯船に浸かる。ツイッターに投稿するどうでもいい百四十文字を考えながら帰路につく。ただ三十歳になってから、なにもしない自分も知っておきたいと思うようになり、NHKの東京パラリンピック中継コメンテーターという分不相応の大役を終えたあと、勢いで糸島の民泊の一室を四泊五日で借りた。

借りた部屋の目の前には、空と海と砂浜。それだけだ。コンビニも、車がなければ行けない。最初の一日から暇すぎて、無人販売所で二度見するほど大安売りされていた葡萄《ぶどう》を買い、海辺で黙々と食べていたそれを一粒だけ茎からもいで海に投げ、波に揺られて戻ってくるのを眺めるという謎の遊びに小一時間も興じていた。次の日も投げ、その次の日も投げた。ぼうっと見ているときは絶対になくならないのに、ふと目を離した瞬間、カモメかカラスのかわいくない鳴き声がして、葡萄がさらわれていくのが何よりおもしろかった気がするのだが、今思うとなにひとつエンタメ性を見いだせない行為で恐ろしい。

なにもしないつもりが、ここにいない祖母のことばかりが浮かび、ついには最後まで書き上げてしまった。

なにもしないことの素晴らしさとも、いつか出会いなおす日がくるのだろうか。

お褒めいただき誠にスイミング　@神戸の小さなスポーツジム

その日、母が用意した夕飯は、久々のごちそうカレーだった。

ごちそうカレーとは、岸田家の各々がごちそうと認定するおかずを、心の向くままに好きなだけトッピングできるカレーのことである。まず一人につき一皿、ふつうのカレーが配膳される。ルウの箱裏面に印刷されたレシピどおりに母が作る、ふつうのカレーだ。

「いただきまあす」

をそろって言ったら、ごちそうづくりの始まりである。ある者は食卓の小鉢からゆで卵や福神漬をとり、ある者は冷凍からあげやチーズを求めて冷蔵庫へ向かい、ある者はふつうのカレーを味わってから少しずつトッピングを足していく。

同じ屋根の下で暮らす家族といえども、それぞれのごちそうカレーの様相はまったく違うのだ。

ごちそうカレーが食卓にお出ましになったということは、すなわち、お祝いの時である。

「良太《りょうた》」

母が言う。

「よかったなあ、スイミング」

ごちそうを載せすぎて、落ち葉がこんもり積もった秋の山々のようになったカレーを無心で食べていた弟が、のんびり顔をあげ、のんびり頷いた。おかわりもした。

弟がスイミング教室に通えるようになったお祝いだった。


「死ぬど！」

福祉作業所に通っている弟の健康診断の結果をひと目見て叫んでしまったのが、三月のこと。

二十五歳になった弟の「生活習慣病検査」の欄を見ると、ＢＭＩ、脂質、尿酸の項に要再検査と物々しい言葉が淡々としたフォントで刻まれていた。

「やばいで。あんた太りすぎやで」

あわてて弟に伝えたが、意味をはかりかねた彼はキョトンとしている。

「あのな、このままやと、いろんな病気になるねん」

それでも首をかしげる弟にたまりかねて放ったのが、死ぬどという火の玉ストレートである。絵に描いたように弟はガビーンと、丸々とした背をすこし仰《の》け反《ぞ》らせた。

「いつ」

弟はわたしに聞いた。

「それはわからんけど。いつかは、病気になるで」

嘘はひとつも言っていないが、この説明がまずかった。わたしと弟では、想像できる未来の日数がかなり違う。わたしは健康ともなれば五年、十年先のことくらいはぼんやり考えられるが、弟にとっては部屋に飾っているカレンダーが彼の想像にある未来のすべてである。十二月までなので、九ヵ月しかない。

九ヵ月の間にどうこうなるとも断言できないのが生活習慣病のおそろしさなので、翌日になると弟は健康診断のことなどきれいさっぱり忘れて、夜中にのそのそと布団からはい出て、冷凍室のからあげをチンしてつまんでいた。

母とわたしのはからいで、全体的に茶色くてこってりした献立は控えることにした。ごちそうカレーは、ふつうのカレーに。オムそばめしは、めんつゆと十割そばに。しかし弟がこの数年で貯めに貯めこんだ脂肪はしぶとく、そんな生ぬるい対処では腹や尻からバイバイしてくれない。

「やっぱ運動せな、どうにもならんな」

弟は運動が嫌いだ。

普段からわたしに比べて半分のスピードで、のっそのっそと綿の間から空気が抜ける音がしそうな動きで歩くので、走るなんてもってのほか。

四月に聖火ランナーを務める母の車いすを押す役目になったときは、二百メートルをゆっくり歩くだけで汗だくの息も絶え絶えになっていた。ランナーなので、正式にはランが求められていたが、彼は何台のテレビカメラに囲まれようとも、何人のスタッフに見守られようとも、ウォークを貫いた。

どうしようか。

「スイミングは？」

ひらめいた。

「ほら、中学生のときまで通ってたやん。あれは楽しそうやったで」

「あー……スイミングなあ」

思いのほか、母は渋そうな表情だ。

「たぶんもう今は通わせてくれへんと思うねん」

どういうことかと事情を聞いた。

たしかに弟は、地域のスポーツジムが開くスイミング教室に小学生のころから通っていた。そのスイミング教室は小学生の部しかないので、中学生になっても通いたければ大人の部に入会するしかない。弟は知的障害があって、コミュニケーションも二度、三度とたまにやりなおしが起こるので、十数人の本気の大人に混じってレッスンを受けるのは難しそうだ。

そんな大人の事情もわからぬ弟は、純粋にスイミング教室が大好きでウキウキとしながら通い、愛想も良かったのが幸いして運営陣やコーチ陣もほだされ、特別に中学生になっても、小学生の部にねじ込んで参加させてもらっていた。

中学を卒業し、福祉作業所に通うようになってからはさすがにねじ込みにも限界がきてしまい、弟は泣く泣くスイミング教室を去った。むしろよく受け入れてもらった方である。

「スイミング教室やなくて、普通にプール へ通うんはあかんかな」

市民プールなどで、好きなときに、好きなだけ泳ぐこともできる。しかし今度は、わたしが渋い表情をした。

「あかんやろ。沖縄行ったとき、一人では全然泳がんかった」

「ああ」

二年前、家族で沖縄旅行へ行った。弟のために広くて豪華なプールつきのホテルに奮発して泊まったのだ。

うきわを大小二種類、フロートのあひるちゃんまで用意して、

「さあ、およげ！」

と発破をかけたのだが、弟は二十五メートルプールをばしゃばしゃとクロールで二往復したあと、あっさりプールから上がり、パラソルの下でおにぎりを頬張ったきり、二度と泳がなかった。

わりと衝撃的な行動だったのでわたしは呆然としていた。岸田家のトビウオだったはずの弟は、もう泳ぐのが嫌いになってしまったのかとさみしく思った。

弟に、

「プール、行く？」

と聞いてみると、弟はちょっと考えて、首を横に振る。がっかりだ。

「あんなにスイミング好きやったのに」

「スイミング」

弟が反応した。

「えっ。スイミング、行く？」

今度は、首を縦に振った。はい。

「プール、行く？」

横に振った。いいえ。

プールとスイミングの、違いはなんなんだ。


五月に入ってすぐ、スイミング教室探しがはじまった。

ほとんどのスポーツジムは、ウェブサイトを見ても、知的障害のある人が通ってもいいかどうかなんて案内されていないので、地道に電話をかけていくしかない。

自宅から徒歩とバスで通えるスポーツジムは三軒ある。一軒は弟が通っていたところで事情はわかっているから、もう二軒の方へ問い合わせる。

「うちでは障害者さんの対応はしてなくて。申し訳ありませんが、市や区が運営している福祉向けプールにお問い合わせください」

見事に玉砕であった。

仕方がない。いくら弟が自分のことは一人でできるし、泳ぎも得意だと説明しても、弟を知らない会社の人たちからすれば、介助や事故の危険が頭をよぎるはずだ。

障害について「知らない」ことがあると、途端に「怖い」という感情に直結する。彼ら彼女らに責任があるんじゃなくて、周りに障害がある人たちがたまたまいなかっただけだ。

そうなると「知っている」人たちに頼むのが、一番てっとり早い。

どこの市にも大抵、福祉のために用意されたプールがあり、スイミング教室も開かれている。案の定、ここは話が早かった。

「ご参加いただけますよ」

「知的障害のある人も参加できますか？」

「はい。障害別で教室がわかれておりますので」

すばらしい。

市にひとつしかないので、自宅からかなり遠く、電車とバスで一時間はかかるのがネックだったが、なんとか母と交代しながら送り迎えをすれば通える。

なめらかに入会の手続きをしていると、突然、電話口で、

「そうだ。お姉さまも水着とキャップのご準備はありますか？」

「わたしですか？」

「はい」

「わたしは泳がなくていいですよ！」

わたしのことまで気をつかってくれるなんて、よく気がつく人だなあ、とわたしは感激していた。

「あ、いえ、お姉さまは泳がなくても、かならずプールには入ってください」

「えっ。どうして」

「そういう決まりなんです。障害のある方お一人につき、介助者がお一人付き添っていただかないと」

予想してはいなかったけど、想像はできてしまう理由に、二の句が継げない。

「仕事があるんで、母とわたしで交代しながら送り迎えをしようと思ってたんですけど」

「お母さまがいらっしゃるときは、お母さまにプールに入っていただければ大丈夫ですので」

「母は歩けないので、プールは難しいかなと……」

「あー……」

一度、保留にして確認する余地はあったが、答えは予想どおり苦々しかった。これまた仕方ない。障害のある人が何人も集まっているのだ。コーチだけでは安全を確保しきれないということだろう。

電話を切った。

頭をかかえた。

「スイミング、いける？」

いつの間にか、隣に弟がいた。ヤクルトの容器に舌を半分つっこむようにしてゴキュゴキュと飲みながら、どことなく両目は輝いている。

「いけない」

弟のぶっとい眉毛が、ちょっと下がる。

「でもまだ、わかんない」


弟が通っていたスポーツジムに、だめもとで頼んでみよう。踏ん切りがつくまで何時間も、電話番号を眺めてはやめ、眺めてはやめた。

わたしは変なところで気が小さい。

「一度、通っていたので事情は知ってますが、諦めきれなくて」という前置きをすれば、きっとスポーツジムの面々は、二度目の断りを入れることを気まずく思うだろう。弟と親しかったコーチがまだ在籍しているかもしれない。よくしてくれた人から、謝られたり、もしかしたら気に病まれたりするんじゃないかと思うと、申し訳なくて胸がチクチク痛む。

しかし、弟をその気にさせてしまったことも、チクチク痛む。チクチクチクチク。

情けない妥協案として、電話ではなく、ウェブサイトからメールを送ることにした。口頭で伝えるよりずっと心が落ち着いているのを感じるあたり、誠にわたしは、インターネット上だけでは饒舌で調子のよい弁慶である。

事情を伝えて、もう一度何か方法がないかと尋ねる文章を、二度も三度も読み返したあと、

送信ボタンを押す直前で、

「できることは、なんでもやりますので」を文末に付け足した。ちょっと考えて「弟はそちらのスイミング教室が本当に大好きでした」も付け足した。調子がいい。

こんなわけなので、返事がメールではなく、翌日すぐ電話できたことに怯えてしまった。この速さはきっと、お断りの連絡に違いない。そう覚悟しながら出ると、決して話すのは上手くなさそうな、でも誠実さだけはひしひしと伝わってくる高い声のお兄さんから、

「岸田くんですよね、もちろん覚えてます！　今でもここを気に入ってくださっていて、すごく嬉しいです」

お兄さんはまず、感情を伝えてくれた。ここから、いつもなら急降下が始まるけど。

「それでね、上司とも話してるんですが、ぜひお越しいただけるようにしたいなと思って。どんな方法がとれるか、本社とも確認してるんで、ちょっとお待ちくださいね」

急降下などなく、ゆるやかに道が開けていったので、わたしは呆気にとられてしまった。失礼な話だが、これは一旦考える姿勢だけ見せて、あとで断るやつかもなと猜疑心を膨らませていると、半月後にくわしく説明をしたいので弟と来てほしいとお呼びがかかった。

弟はもう通えるつもりでいるみたいで、いつもの一・一五倍速で歩いてスポーツジムへ同行してくれたが、わたしはこの期に及んでも断られることが恐ろしくてひやひやしていた。

「大人向けの個人レッスンの枠がありまして。ぜひ僕がコーチを担当させていただければと」

パイプ椅子に座りながら、後ろにズッコケるかと思った。予想外に嬉しくてズッコケそうになったのははじめてだ。

実は、彼はかつて弟にスイミングを指導してくれていたコーチだった。だから弟も着いた瞬間、古巣で恩師を見つけて、テンションが最高潮に達していた。元気そうでよかった、会いたかった、と八重歯《やえば》を見せて屈託なく笑う彼を見れば、もう、願ったり叶ったりの提案だ。

大人の更衣室と子どもの更衣室は、つくりが少し変わるそうだ。弟はロッカーのキーや、シャワーの使い方に最初、戸惑うかもしれないと伝えると、

「もちろんお教えしますよ。でも、一回覚えたらもう大丈夫じゃないかなあ。岸田くんはきっちりしてますから」

障害があるから、決まりだから、という前置きのない説明を、久しぶりにこういう立場の人から聞いた。彼は、弟のことを障害者じゃなくて、ひとりの立派なスイマーとして見てくれた。スポーツタオルを真四角に折っていちいち持ち歩くことや、念入りにキュッキュッとゴーグルを何度も磨くほど、きっちりしてるところも見てくれていた。さっきまでビクビクしていた姉は誇らしかった。

ひとつ懸念があるとすれば、値段が安くない。

集団ではなく個人レッスンなのだから、当たり前といえば当たり前だが、わたしにとってはちょっと勇気のいる値段だ。お兄さんも申し訳なさそうに、あれこれとキャンペーンやクーポン券をおせち料理のごとく大量かつギチギチに組み合わせてくれたのだが。

「とりあえず、一度、お試しでお越しください。あせらず考えていただければ」

お試しのレッスンは、仕事で出張中のわたしに代わり、母が同行してくれた。

東京のビジネスホテルのベッドの上で、スマホを充電しながら祈るような心地で待っていると、ピロン、とメッセージの通知音が鳴った。

母からだ。

「本日の息子、一時間で千二百メートル泳ぎました。しかもバタフライで。めっちゃ楽しそう」

バタフライの消費カロリーを調べる。なかなかのもんだった。これには姉もガッツポーズである。咆哮《ほうこう》したっておかしくない。

「前に通ってたときみたいに、自販機でジュースを買ってご機嫌で帰りました」

咆哮した。噛み締める奥歯の内側で。

「やったぜ」

わたしが返信すると、また母から。

「プールとスイミングの違い、わかったかも」

「なに?」

「スイミングはな、コーチがつきっきりで、ずっと褒めてくれる」

プールは行かない。スイミングは行く。

きっぱりとわけて首を振る、わが弟よ。


思い返せば、その傾向はあった。

きれい好きの弟は、福祉作業所の仕事でよく清掃を任されるのだが、大きな公園を掃除するのはいつも張り切り、人通りのない休園日の植物園の掃除をするときは一気に老け込んだ。

弟はご飯を食べ終わったあと、外食でセルフサービスとなると誰よりも早く、おばちゃんやおじちゃんのいる返却口へ食器を持っていくが、自宅だと台所に持っていくまで気が遠くなるくらいの準備時間を要していた。

あれはやたらと褒められることを、知っていたからか。

おいおい。わたしと似ているぞ。

お高めの月謝をずっと払えるかしらとそればかり気にしすぎてしまい、神戸へ戻る前に占い

師を頼ってみたら、スイミングのことはおろか、弟のことも説明しないうちに、

「あのね、あなたは弟さんのことを大切にしたら、それで大丈夫。なーんでもうまくいく」

と大雑把に言われたので、そりゃそうだよなあ、とアホづらをさげて納得した。

スポーツジムのお兄さんに電話をする。

「個人レッスンのお金って、お兄さんにもいくらか歩合で入りますか？」

突然の不躾《ぶしつけ》すぎる質問に、スピーカーの向こうのお兄さんは面食らったみたいだったが、元気な声で「入ります！」と答えてくれた。

気持ちが固まった。弟を魅了した、お兄さんの褒め芸に、ひいてはその優しさに課金できるならば、懐が寂しくなっても悔いはない。

それに、わたしがお金を払い続け、弟が通い続けることで、

「あれっ、お客さんに障害があっても、なんの問題もなく楽しく通ってくれてるし、売り上げにもなるじゃん。じゃあ、もうちょっと安い集団レッスンも用意してみるか」

と、スポーツジムのみなさんも思ってくれるかもしれない。わたしのような「死ぬど……」と嘆いている人たちが、ここでスイミングに通えるようになるかもしれない。そう簡単にはいかんくても、未来には、きっと。

その日、母が用意した夕飯は、久々のごちそうカレーだった。

静寂とサイレン　@宮城県　気仙沼《けせんぬま》

完全な無音というのは地球上にいる限り、体感できないらしい。

まぶたが閉じる音とか、着ている綿の服がすれる音とか、靴底が地面につく音とか、さらにいうと流れる空気にも音がある。地球は思いのほか、うるさいのだ。

無音。

本当はありえないはずの無音を、わたしは感じたような気がする。

二〇二〇年三月十一日、午後二時四十六分。

気仙沼の港町のどこにいたって聞こえるくらい鳴り響いていた、追悼のサイレン。

気仙沼をおとずれるのは、はじめてだった。

「あの街に住む愉快な人たちとの、愉快な時間を、愉快な岸田さんが言葉にしてほしい」

父についてのエッセイを連載させてもらってる「ほぼ日」の編集チームから、声をかけていただいた。

愉快さを見込まれることってあるんだなあと嬉しくなり、ふたつ返事で引き受けた。

「毎年、震災の追悼日は、糸井重里《いといしげさと》さんの家族と、編集チームで行くんです。今年は、若い三人にも来てもらおうと思って」

若い三人ということで集められたのは、わたしと、全国の市町村を原付バイクでめぐった写真家のかつぉ(仁科勝介《にしなかつすけ》)くんと、サッカーボールを使うパフォーマーのりゅうくん。

三人とも二十代だけど、そろいもそろって「自分が若いって思ったこと、あんまりないよなあ」と首をかしげていた。いまの自分は人生で一番老いているが、一番若くもあるから、自覚は難しい。

ざっくり「若い」でくくられ、お得で鮮やかな三連カップゼリーのようになってしまったわれわれだが、のちのち好都合だったと気づく。

なぜなら三人いれば、いいエッセイが書けるからだ。

わたしが思うにエッセイは、その土地ならではの文化や自然と、出会う人との深い対話があり、その交わりにうまく自分の物語が重なり合えば、格段におもしろくなる。運の要素も強い。

これを一人でやりきるのは難しい。わたしは知らない人と自然に打ち解けるのが苦手で、心がこわばっている間にいろんなものを見逃してしまう。

特に、気仙沼では、震災で傷ついた人と会うことがわかっていたから、余計に不安だった。言葉にするため呼ばれた以上、語られる希望や悲しみを、見逃すわけにはいかない。

しかし、若いわれわれは、三人いる。

りゅうくんは、二畳くらいのスペースがあれば、サッカーボールですさまじいリフティングを披露し、わらわらと人を集める。

かつおくんは、フワッフワにやわらかい物腰で、だれの懐にもサッと飛び込み、何気ない会話をするりと引き出し、気づかぬうちにシャッターまで切る。

わたしは、ただ、そこに生まれる物語や言葉をていねいに拾い、紡いでいくだけでよかった。

それぞれが苦手なことを補いあい、得意なことだけに集中し、ひとつのものを作り上げるのは楽しい。三人ってすばらしき最少単位だ。ズッコケ三人組は、よくできている。

港町へ行くのに「かつお（鰹）」と「りゅう（龍）」と「なみ（波）」がいるっていうのも、できすぎている。


そんなわけで、気仙沼ではとにかく愉快な時間を過ごした。

わたしたちはどこへ行っても街の人から大歓迎され、口にするものはなんでも美味しく、特に漁師さんがとってきたばかりの魚は絶品で、とどめの温泉は気持ちよすぎて意識が飛ぶかと思った。

「まあまあ、おかえり。さあ入って、座って、食べて」

お城のように立派な屋根を持つ民宿で、女将《おかみ》さんをしている一代《いちよ》さん。はじめて会ったのに「おかえり」なんて変だ。変なのに、しっくりきた。石油ストーブと人から発せられるあたたかさ、気持ちのいい大雑把さ、老いも若きも赤子も一緒にくつろぐ騒がしさ、テーブルに載り切らないほど運ばれてくるおやつ（おやつと言いながら、味噌汁《みそしる》があった）。来たこともないのに、実家のような場所だ。一代さんの人柄が、そのまま家になっていた。

「一代さんって、すっごいパワフルですね」

「わたしはここへ集まってくれるみんなに、本当に助けてもらったからさ。いつも楽しいことばかり考えてるよ。みんなに喜んでもらいたくて」

震災でぐちゃぐちゃになった一代さんの家に、ボランティアの人たちが寝泊まりしたことがきっかけで、この民宿を作ったそうだ。

「裏にツリーハウスとサウナワゴンを作ってもらったんだ。みんなで見てきてよ」

それからわたしたちは、おのおの遊んだり、寝転んだり、おやつを食べたり、かつおくんが撮った写真を眺めたりして、くつろいだ。三階建ての家ぜんたいがゲラゲラと笑っているみたいだ。

「あっ、もうすぐ黙禱《もくとう》はじまる」

だれかが言った。わたしはドキリとした。

それは美しくて愉快な気仙沼へ来て、ようやく実感した、震災を感じさせる言葉だった。

わたしは神戸の出身で、震災が残す悲しみは、幼いころからいろいろな方法で見聞きしてきた。どれだけいまが明るくなろうとも、悲しみは、悲しみとして確かに存在する。家や人を失った傷には、他人が優しく寄り添うことはできても、一ミリの誤差もなく共感することはできないと思う。

身構えた。この愉快な気持ちを、外から来たわたしが引きずってはだめだ。

「じゃあ、そろそろ海の方へ行きますかあ」

「そうだねえ。よっこいしょ」

「間に合うかなあ、ちょっと走ろっか」

「やだ、ちょっと、ころばないでよ」

聞こえてきたのはくつろいだ会話の延長で、わたしは肩から拍子抜けしそうになった。二十人ほどがコートやマフラーをひっかけて、ポケットに手をつっこみ、隙あらば散ろうとする小さな子どもの手を引いて、ばらばらっと横にならび、「でかい鳥だ」「なんの鳥だろ」なんて言いながら、笑ったりもする。

あれだ。この心地いい騒がしさは、初詣の風景っぽい。

気仙沼の、青色と緑色を混ぜた濃い色の海をのぞむ、船着き場に着いた。ちゃぷ、ちゃぷ、と静かな波がすぐ足元まできている。でかい鳥と雲が浮かぶ空は美しかった。


二時四十六分、きっかり。

黙禱のサイレンが鳴った。

すぐ頭上にあった、電柱のスピーカーから聞こえた気がしたけど、すぐに、向こう側の堤防からも、裏手の山の中からも、同じ音が重なっているとわかった。この街のどこにいても、同じ音が響いているのだ。

あれだけ騒がしかったはずの声は、ぴたりと止んだ。だれもが手をあわせ、まぶたを閉じる。

サイレンは単調だった。強弱も、旋律もない。それを集中して聞いていると、わずかに鳴っていた波の音も、風の音も、あっという間に消えた。自分の呼吸の音すらも、サイレンに集約されていく。

たった一つの音だけに、これほど耳をゆだねたこともない。

ゆだねるほどに、確信した。

これはきっと、無音に一番近い。

プワーンとか、ジリリリとか、ウーウーとか、どんな表現を使っても、あの音は書き表せない。どんなささいなことでも、自分の目で見て、耳で聞いて、手で触ったことなら、なんでも言葉にしてしまえる自信が、わたしにはあった。そういうふうに生きてきた。浅はかだった。そのわたしが、このサイレンだけは、一文字も似せられなかった。

マイクで録音した音に、自動的に五十音をあてはめ、文字をモニターに映し出せる機械みたいなものがあったなら、あのサイレンは適切に表現されるだろう。

人間のわたしが表現できないのは、単純に語彙力が足りないのか、それとも、文字にすることを拒むなにかがあるからか。前者だと心がくじけてしまいそうなので、一旦、後者を考えてみよう。

あのサイレンは、聞くための音ではない。

祈るための音だ。サイレンは祈れない。祈るのは、サイレンを聞いた、人間だ。

祈りとはなんだろう。希望のためだけに、自分の時間を使うことじゃないか。

父が突然死した。母が下半身麻痺になった。愛しい人の死や、死んだ方がマシとすら思えるほどの苦しみは、耐えがたい。どんな格言も、どんな優しさも、心の拠り所にはなるが、苦しみを取り払うほどの力はない。

苦しみを少しずつ、少しずつやわらげていく方法があるとするなら、それはやはり時間だけ。一年後の自分は今ほど絶望していないし、十年後の自分は今ほど泣き濡れてはいない。

祈りは、時間を確実に使わせてくれる。時間は限りある命そのものだ。希望のために命をけずっている時は、祈り以外の、余計なすべては入ってこない方がいい。

そのためのサイレンだ。まわりの音を鎮め、祈りに集中させる。

祈っているわたしは、サイレンの音を書けなかった。聞こえているはずなのに、頭で言葉にできない。

それは、本来ならありえない、無音という状況に近いのではないだろうか。

一代さんを横目で見た。重ねた手の人差し指を、ぴったりと額にそわせて、うつむきすぎてしまいそうになる頭を支えるように、時間を使っていた。


サイレンは六十秒間、鳴り続け、止まった。

「それじゃあ、帰ろうか」

「あっちで、りゅうくんのリフティング見せてもらおう」

「やったー」

さっきまでの無音が嘘みたいに、またみんなが、初詣みたいな騒がしさのなかへ戻ってきた。一番ちいさな子どもが、おばあさんとおじいさんに片方ずつつかまり、ぶらんぶらんと宙に浮いている。

一人の無音からみんなの有音に変わるこの瞬間を、かつおくんが写真に撮った。それは、わたしにとっての今回の旅を象徴する、いちばん好きな一枚になった。


帰る前に、一代さんの話を聞いた。一代さんは、船の事故で旦那さんと三女のご主人が行方不明になり、長女が亡くなったそうだ。それにくわえて、震災後のきびしい生活。同じ立場を自分に置き換えることができなかった。

「過去は変えられないから、いまを明るく生きるしかないよね」

「明るく生きるために、どうしているんですか」

「みんなが楽しめることだけを考えて、それで忙しくすること」

一代さんは、迷いなく言いきった。

「旦那さんも喜んでくれるから」

苦しみが入ってくるヒマもないくらい、楽しむことに忙しく生きる。それもまた、確かな祈りだ。騒音と静寂で、時間は流れていく。わたしもそうやって、数え切れないほどの夜を乗り越えてきたじゃないか。

祈りたくなったとき、言葉にできなかった港町のサイレンを思う。

葛藤のシングルライダー　＠東京ディズニーランド

ふと、落ちたくなるときがある。安全バーに守られた状態で。

この世にストレス発散の手段は数あれども、わたしはとにかく絶叫マシンに乗りまくっている。無骨なジェットコースターがいい。浮遊感と疾走感をガッツリ感じて、ガッツリ叫びながら落ちたいのだ。

たとえば高いところから真下に落ちるフリーフォールなんかは浮遊感だけなので、あまり乗らない。テーマパークでよく見られる、乗車中にストーリーが展開するやつは、大抵がクライマックスを迎える終盤だけ落下する仕組みになっているからこれも物足りない。ユニバーサル・スタジオ・ジャパンのジュラシック・パーク・ザ・ライドではずっとティラノサウルスに襲われていたいし、ディズニーランドのスプラッシュ・マウンテンではずっと滝壺に投げ込まれていたい。

遊園地やテーマパークへ行き、「これだ！」とゾクゾクくるお気に入りの絶叫マシンを見つけては、それればかり狙って、朝から晩まで乗り続けるのがわたしだ。もちろん、そんな遊び方を受け入れてくれるのは、絶叫マシン好きの狂人（絶狂人）のみだ。家族や数少ない友達に心底いやがられるので、社会人になってからはついにひとりでも乗りに行くようになった。

日本国内の恐ろしい絶叫マシンばかりを取り揃えていることで名高い富士急ハイランドにも、会社員だったわたしは週末の仕事を終えるなり、一目散に大阪駅前へ駆けてゆき、四列シートの夜行バスにホクホク顔で乗り込んで向かった。

富士急ハイランドには、かつてシングルスマートフリーパスと呼ばれる画期的なシステムがあった。園内をひとりで楽しむ人間は、通常のフリーパスよりも安く購入できる。これを告知するチラシを、通勤の駅でたまたま手にとったときの衝撃と感動は忘れられない。そこには確かに「おひとりさま限定」と大きく銘打たれていた。ひとりでも、おひとりでもなく、おひとりさまなのだ。おきゃくさまと同じ、さまがついている。敬われているのだ。優遇されているのだ。富士急ハイランドは、わたしのような寂しい人間を、楽しい人間に変えてくれる。やったぜ。

発射一・五六秒で時速百八十キロに達するジェットコースターことド・ドドンパに大興奮で五回連続乗り込んだときは、さすがにあらゆる内臓が背中にビターン！　とくっついたのか、しばらくベンチから尻を持ち上げられなくなった。きっと人間の体はそんな扱いに耐えられるように作られていないのである。

このシングルスマートフリーパスには、割引のほかにもうひとつ、むしろそっちがキモともいえる特典があった。なんと、特定の絶叫マシンに乗るために並ぶ時間がグッと短くなるのだ。休日ならば一時間は並ぶところ、五分もあれば乗れてしまう。絶叫マシンは大抵、二人並びか四人並びの偶数席なので、たとえば三人グループが座ると、一席余ることになる。この一席がもったいないので、おひとりさまを優先的に案内してくれるのだ。最初、この事情を知らずにジェットコースターに案内されたとき、それはそれは面食らった。

「こちらのお席へどうぞ！」

係員さんに指されたのは、大学生かバイト仲間らしきパーティーピープルたちが仲睦まじく大騒ぎしている輪の中でポツンとそこだけ日が当たっていないかのような席だった。

しかも、おひとりさまは並ぶ列が他とは違うので、パーティーピープルからすれば、一時間も並んでいたのに突如として見慣れない人間が相席してくるのだ。

「誰……？」という刺さるような困惑の視線を感じながら、気まずさを真顔で押し殺して乗車していたが、それを五回も繰り返せばもう慣れてしまった。わたしほどのベテランおひとりさまになると、乗り込む車両をちょっと見ただけで、先客たちの関係性や雰囲気を瞬時に読み取って擬態できる。

総員のテンションが高めなら惜しみなく出し尽くし「そういえばこんなヤツ、初めからいたかもしれない」と錯覚させ、低めなら空気のごとく存在感を消し去り「なんか後ろにいたような気がするけど忘れた」と思わせるように努める。世が世なら、忍びの職へ進んだかもしれない。

富士急ハイランドほどの優遇はないにせよ、似たような仕組みは他のテーマパークでもちょくちょく採用されている。わたしが初めてその存在を知ったのは、今は亡き父と訪れたユニバーサル・スタジオ・ジャパンでのことだった。そこではシングルライダーという呼称だ。なぜか岸田家ではこの呼称だけが独り歩きして父を筆頭に大流行し、事あるごとにシングルライダーを口走る一家となった。

「奈美ちゃん、おつかい行ってくれへんか。シングルライダーや！」

「ママはシングルライダーやから、家でお留守番しとくわ」

などといった具合で、ゲラゲラ笑っていたのだが、今思うとなにが面白かったのかはよくわからない。単純な人数合わせに、シングルライダーという大層な名前をつけた人は天才だ。

そんなわたしが最近、お子様と一緒に遊園地へ赴く機会に恵まれた。

かねてから、ここでは書き表せないほど、怠惰で注意散漫なわたしの尻をキュッキュキュッキュと拭ってくれるマネージャーT氏がいるのだが、あまりにも頻繁に拭ってくれるお礼として、彼女と娘さんをディズニーランドへ招待したのだ。

ふみちゃんは、六歳だ。

わたしには子どもも幼い親戚もおらず、四歳下の弟はわたしと同じく絶叫マシン愛好家なので、ふみちゃんくらいの年齢の子が、どうやって遊園地を楽しむのかがピンとこない。過去の自分の体験も、あまり思い出せない。

なにが好きなのかもわからなかったので、ディズニーランドのガイドブックを一冊購入し、ふみちゃんに「行きたい場所、乗ってみたいものにふせんをつけてね」と渡してみた。われながらクレバーな演出だ。ふみちゃんは、生まれて初めてのディズニーランドにとても興奮してくれた。全身から火花が散っているかと思うほど、喜んでいた。

前日、ディズニーランド近くのホテルで、T氏とふみちゃんと合流した。

「ふみちゃん、どこ行きたいの」

「えっとね、えっとね、これ!」

ふみちゃんが渡してくれたガイドブックには、たくさんのふせんがついていた。どれどれと一枚ずつページをめくり、わたしは驚いた。

ジェットコースターが、ひとつもない。いや、それどころか、乗りものがほとんどない。目を見張るほど色鮮やかなふせんがついているのは「ミニーマウスの家の見学」だった。

ミニー……マウスの……家の……見学……？

てっきりキャラクターに会えるのかと思いきや、ずっと不在にしているらしい。本当に１ＬＤＫの家を見るだけ。なにに乗るでもなく、自分の足で。

内見やん。

内見など上京したときにうんざりするほどやった。家にあがった瞬間、反射的に壁へ耳をあてて防音チェック、次に風呂場へ行ってシャワーの水圧をチェックしてしまうかもしれない。なにが楽しくて、ディズニーランドまで来て、誰もいない家を内見せねばならんのだ。敷金はいくらだ。

しかし、当のふみちゃんは、家のここで写真を撮る、置かれている本の背表紙を見る、などと楽しそうなのだ。

ほかのふせんはというと、すべてポップコーンや雑貨を売っているショップの場所だった。

今回は、ふみちゃんが姫であるので、すべてにおいてふみちゃんの意向を優先すると決めていた。

それでも、翌日に入園すると、やっぱりお節介を焼きたくなってしまった。

「ふみちゃん、乗りものには乗りたくないの？」

「あのね、ディズニーランドには三大マウンテンっていうのがあってね……」

「うーん……」

プレゼンをした。三大マウンテンというのは、ディズニーランドが誇る〝山〟をモチーフにしたジェットコースターのアトラクションだ。スペース・マウンテン、ビッグサンダー・マウンテン、そしてスプラッシュ・マウンテン。絶叫マシンに位置づけられるとはいえ、子ども向けにそこまで怖くならないように配慮されている。

ふみちゃんは、地元の遊園地ではジェットコースターに楽しんで乗ったことがあるという情報を、わたしは事前にT氏から入手していた。

「スペース・マウンテンはね、外に出ないんだよ。きらきらした宇宙の中を走るんだよ」

そう言うと、ふみちゃんは目を輝かせて「乗りたいっ」と言ってくれた。

しかし、いざスペース・マウンテンの建物までくると、ふみちゃんの心はがらりと変わった。

「やっぱりいいや」

「えっ、なんで?」

「怖いやつより、かわいいやつに乗りたい」

そうか。怖いのか。それなら仕方ない。ちょっとだけ残念な思いもありつつ、暗い中を進むジェットコースターが怖いのはとてもわかる。

ふみちゃんの見たいものを見るために、園内をぶらぶら回っていると、信じられない光景がわたしの目に飛び込んだ。

なんと、あのスプラッシュ・マウンテンに、十分待ちという表示が出ている。

よく知らない人のために説明すると、スプラッシュ・マウンテンは老舗でありながら、かわいいキャラクターと世界観のストーリーをじっくり追いながら進み、最後に水しぶきをあげながら急流をすべるという高いエンタメ性で、園内屈指の人気アトラクションなのだ。休日で十分待ちなんて、普段はありえない。いつもなら一時間は待つぞ。

これは、乗るっきゃないのでは。乗らなきゃもったいないのでは。

しかし、ふみちゃんは山のてっぺんから派手にスプラッシュするボートを見て、ドン引きして首を横に振った。ああ。

わたしは寿司が苦手だ。それなのに「寿司を食べられないなんてもったいない、いい寿司屋に連れてってあげるよ」とお節介を焼かれる苦しみは、痛いほどわかっている。だからこそ、無理にスプラッシュ・マウンテンをふみちゃんにすすめるような真似は、してはいけないのだ。

諦めて、小さなお子さま向けにつくられた、コーヒーカップや上下する気球みたいなやつに乗った。悪くはないが、まったくハラハラしない。浮遊感もない。気持ちよさそうに叫んでいる人もいない。

でも、ふみちゃんは楽しそうだった。体も心も飛び跳ねていた。

閉園が近づくと、わたしの手を小さなおててでギュッとにぎりながら「楽しい。なみちゃん、好き。終わっちゃうのやだ」と、ぼろぼろ泣いた。

翌日。わたしは予定になかったディズニーシーの入園チケットを買い足し、ふみちゃんの手を引いてゲートをスキップでくぐり抜けていた。

ふみちゃんは、最後までジェットコースターには乗らなかった。おばけがたくさん出てくる館にも行かなかった。大人が泣いてしまう歌と踊りのショーよりも、コーヒーカップに乗ろうと走っていった。

それを最初、わたしは、もったいないなあという気持ちで眺めていた。

でも、ふみちゃんはいつかきっと、今日乗れなかったものに、乗る日がくるのだ。たぶん、わたしじゃない誰かと。友だちかもしれないし、恋人かもしれない。怖かったからもう二度と乗らないと泣いたり、苦労して並んだのに期待はずれだったと怒ったり、自らの選択に一喜一憂していくのだ。

その未来を残していると思えば、もったいないということはない。大きくなったふみちゃんが今回のことをほとんど忘れてしまっても、人気のジェットコースターにわざわざ乗らなくっても、いま、この瞬間、ふみちゃんが幸せそうな顔をしてくれるなら、それでいい。

他人さまのお子さまで、わたしは悟った。T氏には、あたたかい経験をさせてもらって感謝している。


一度あったことは忘れないものさ。思い出せないだけで。……とは、よく言ったものである。ふみちゃんと一緒にいるだけで、いろんな記憶の引き出しが開いていった。

わたしと弟が小学生だったとき。父と母がディズニーランドへ連れていってくれた。神戸から千葉まで、飛行機でも新幹線でもなく、車で向かった。ダウン症の弟は、そのころまだ公共交通機関が苦手だったから。

休日の弾丸旅行だったので、相当、父と母は疲弊していたはずだ。それでも車を走らせてくれたのは、わたしがふみちゃんに馳せた思いときっと同じだったんだろう。

実は、両親には申し訳ないことにわたしはディズニーランドで遊んだ覚えがほとんどなく、それよりも往復の車中が楽しかったことを強烈に記憶している。ボルボの後部座席を全部倒して、ベッドに早変わりさせたときは、叫んでダイブするほど嬉しかった。

ふみちゃんと手をつないでいるとき、ふと、わたしは思った。

わたしはいつから、絶叫マシンが好きなんだっけ。

フッと浮かんだのは、わたしと手をつなぐ父の姿だ。ディズニーランドで、ジェットコースターの列に並んでいる。徹夜でフラフラだったはずなのに、父はわたしを連れて、三大マウンテンを制覇した。

とても怖かった。怖かったけど、乗ったあとは体から力が抜けて、なんだか笑えてきてしまった。わたしの中に眠っていた、絶叫マシンを楽しむ才能がそこで開花した。

父につきあわされたからだ。

実家に帰って、母に言ったら目を丸くされた。

「なに言うてんの。パパはな、絶叫マシンが大ッ嫌いやったけど、あんたが喜ぶからって我慢して何度も乗りに行ってたんで」

今度はわたしが目を丸くする番だった。

引き出しが開く音がする。

絶叫マシンに乗ったあと、待っていた母にわたしを預け、いつも父はどこかへ消えていった。トイレかと思っていたが、本当はあのとき、隠れてゲロゲロだったのか。

「強がったまま、シングルライダーで逝ってしまったというわけやな」

「シングルライダーって久しぶりに聞いたわ!」と、母は弾けるように笑った。

絶対に取れない貯金箱＠小豆島《しょうどしま》の旅館にあるゲームコーナー

おこづかいをもらえる日といえば、ゲームセンターへ行くと決まっていた。六歳から十歳くらいまでの間、特に通いつめていたが、子どもだけで行ってはいけないと学校から決められていたので、いつも父方の祖母が連れて行ってくれた。

もう今は名前が変わってしまったそうだが、当時、阪神甲子園球場のすぐ前にダイエーというショッピングセンターがあり、そこに大きなゲームセンターが入っていた。今でも目を閉じれば、入り口に掲げられたゴキゲンな新丸ゴを思い出せる。「らんらんらんど」だ。

「らんらんらんど」には、お子さまが想像するありとあらゆるゲームの筐体《きょうたい》が用意されていたんじゃないかと思う。一人乗りのメリーゴーランドや観覧車まであった。それぞれが違う、それでいてどことなく似た電子音のメロディを奏でて、にぎやかに混ざり合うさまは、夢の国といっても差し支えない。

広大なゲームセンターの隣はフードコートになっていて、ゲームに熱中してお腹がすいたら「ドムドムハンバーガー」でキッズセットを注文すれば、朝から夕までずっといられた。甲子園に住んでいる祖母が、荷台に新聞紙をぐるぐる巻いたボロの自転車にわたしを乗せて、「らんらんらんど」に到着する。千円札を一枚、財布から出して「だいじに使うんやで」と言う。受け取った千円札を両替機に吸い込ませて、受け皿にじゃらじゃらと小銭が吐き出される瞬間、体の温度がバーッと上がって、目がらんらんと輝いている気がした。まさに「らんらんらんど」だ。

小さな手で、二、三回にわけて小銭をガッと摑み、ポケットに入れると、わたしはもう無敵だった。

「さあ、今日はなにから手をつけてやろうか」

意気揚々とゲームを探すが、わたしが遊ぶのは大抵、景品がもらえるゲームだった。UFOキャッチャーや、動く台にお菓子を載せて穴に落とすゲームなどを好んだ。

これは大人になった今でもそうで、お金が当たる宝くじは買わないが、景品が当たるくじは喜んで買う。飲み物を買うために入ったコンビニで、アニメのフィギュアが当たるようなくじをたまに見つけると、反射的にやってしまう。大きなフィギュアが当たると、むき出しのまま箱を狭い部屋へ持ち帰りながら「どうしようね、これ」と嘆く。それほど好きでもないアニメだっていうのに、やめられない。

ここで発端を、従兄弟になすりつけようと思う。わたしが「らんらんらんど」に入り浸っている間、一歳下の従兄弟は冷めた目でわたしを笑いながら「毎回1000円をゲームに使うくらいなら、ゲーム機を自分で買って家でずっと遊ぶ」と言い、貯金していた。わたしよりもずっと堅実で、賢かった。難関私立中学校にさらっと入学できたのも頷ける。だが、わたしは悔しかった。

「ふんっ。あんたがほしそうな景品、わたしが取って泡吹かせたるわ」と、従兄弟が好んでいたスーパーカーのミニカーなんかの景品に狙いを定め、血眼《ちまなこ》でUFOキャッチャーにつぎ込むなどした。

そんな愚かな調子なので、祖母からもらった軍資金の1000円などすぐに飲まれてしまう。ものの十五分で手持ち無沙汰になってしまったわたしを、母はギャンギャン怒るが、祖母はため息をつきながら「今度こそだいじに使うんやで」と、わたしのポケットにこっそり千円札をもう一枚、ねじ込んでくれた。わたしはまた無敵の愚者になった。

そんな母や祖母も、わたしが大きな箱に入ったお菓子なんかをゲットすると、「すごいねえ」「ほんまにゲームが上手やねえ」と褒めてくれた。ゲームセンターには100円を入れたら、小さなキャンディーやチロルチョコが最低一個は取れるようなビギナー向けのお遊びゲームもあるが、それではあまり褒めてくれないので張り合いがない。景品は、取るのが難しければ難しいほど、燃えるのだ。

自分が景品自体に興味をなくしてしまったことに気づいたのは、八歳ぐらいのときだ。母方の祖母をたずねるため、大阪の谷町に行った。近くに百貨店があり、母はよくそこで買い物をするのだが、子どもにとって親の百貨店散策に付き合うほど退屈なことはない。ああいうところの品揃えは、上品で、値段も高くて、よそ行きの服や刺繍《ししゅう》の入ったハンカチみたいに、絶妙に子どもがほしくないものが並んでいる。もっと、プラスチック製のチャチなペンダントとか、犬だか猫だかわからないキャラクターのペラペラなTシャツとか、そういうのがほしいのに。

しかし、希望もある。百貨店には屋上遊園地が存在するのだ。

母が洋服のショッピングにノッてきた頃合いをみはからって「もういいよォ、帰ろうよォ」とゴネるのがミソだ。母はやきもきしながらわたしに千円札を渡し、屋上へ行ってきていいよと許す。わたしは心の中でガッツポーズをして、一目散にエレベーターへと駆け込んだ。

屋上遊園地といっても、当時から少子化の波は少しずつ押し寄せていたのか、そこは「らんらんらんど」よりずっと寂れた雰囲気だった。コインを入れて動くパンダやキリンの乗り物は、どれも野ざらしになっているせいで薄汚れていた。仮面ライダーのゲームは、テレビで放送されているより何世代も前のライダーで、まったく見覚えがなかった。

だけど、屋上の片隅に、景品がもらえるゲームコーナーがあった。ピンク色のペンキが塗られたベニヤ板に、バスケットボールのゴールが三つ、リングネットの口を縛った状態で打ち付けられている手作り感満載のコーナーだった。少し離れたところに引かれた線の上に立ち、ボールを投げて、三球ともゴールに入れれば景品がもらえるルールだ。

景品は、脇に置かれた埃だらけのショーケースからどれでもひとつもらえるらしく、セーラームーンのお財布に狙いを定めた。さっきも言ったとおり、別にセーラームーンにそこまで熱中していたわけではない。それが一番、価値があるように思えただけで。

こういうゲームコーナーには硬貨を入れる機械なんてない。このゲームは完全に人力なのである。

「やりまーす」

おそるおそる声を出すと、ベニヤ板の裏にある詰め所から、くたびれたおばちゃんが出てくる。屋上の掃除係も兼ねているのか、使い込んだエンジ色のエプロンを着ていた。

「はいはい、じゃあ200円ね」

おばちゃんは200円をとるに足る最低限の愛想は見せてくれたが、タバコ休憩タイムを邪魔されたことによる気だるさは余すところなく披露していた。

ゲームは、意外と難しかった。子どもの背丈と腕力では、バスケットボールがゴールまで届かない。わたしはドッジボールのチームわけではいつもおじゃま虫扱いされるくらい、投げるのが下手《へた》だった。

おばちゃんはレジを置いたカウンターに肘をつきながら「惜しいっ」「よく狙うんよ」などと声をかけてくれるが、結局、四回やっても景品はゲットならずだった。

「ざんねん、これ参加賞ね」

おばちゃんが、セロファンで包まれた安っぽいラムネをわたしによこす。

残り、200円。あと一回。

わたしはワクワクしていた。最初は一球も入らなかったが、コツを掴みかけていて、さっきは二球も入るようになっていた。これは、ひょっとすると、ひょっとするかもしれない。

「やりまーす」

裏へ戻ろうとしたおばちゃんが、ぎょっとした。

「あんた、お母さんは?」

「下で買い物してる」

「うーん、ちょっと待ってて」

ボリボリ、とパンチパーマがまだらに当たった頭をかきながら、おばちゃんは詰め所へ消える。なにやら小さな鍵のようなものとポリ袋を持って、すぐに出てきた。

「どれがほしいん？」

ショーケースの鍵穴をがちゃがちゃと言わせながら、おばちゃんが投げやりに言うので、わたしはびっくりして言葉に詰まってしまった。

「え……と……セーラームーン」

「セーラームーン？　あっ、これやね」

セーラームーンのお財布をむんずと摑み、おばちゃんがポリ袋に放り入れる。口をギュッと結んで縛った。犬のうんこ袋みたいに見えるから、その縛り方はやめてくれ、と思った。

「はい、これ」

おばちゃんは、ポリ袋をわたしに投げてよこした。

「じゃあね」と言い、詰め所に消えていく。それはおばちゃんの優しさだったのだろう。貴重なおこづかいを、こんなショボいゲームに使い込んでいることに不憫さを感じたのかもしれない。

しかし、わたしは呆然としていた。

あんなに価値があると思っていたセーラームーンのお財布が、ちっともほしくなっていた。どうでもよくなった。犬のうんこ袋みたいなのに入ってるから、という理由だけでは、たぶん、なくて。

悔しいような、悲しいような、むなしいような、恥ずかしいような。このときの気持ちを、わたしはうまく説明できなかった。

行き場をなくした200円で、勇者がモンスターを倒すゲームをやったけど、セーラームーンのお財布はそのゲームの椅子に置き忘れてしまった。

「ああ……ボール、もうちょっとで三つ入ったのになァ」

あとで合流した母にも、言えなかった。あとから、早いうちに言っておけばよかった、と後悔するとも知らず。

同じ年に、親戚で集まって、大がかりな温泉旅行があった。全員が関西に住んでいたので、行き先は小豆島の温泉旅館になった。

温泉旅館のゲームコーナーも、なかなかオツなものだ。下手したら屋上遊園地よりも設備はしょっぱいが、「ゲームをできると思っていなかった場所」に、突如としてゲームたちが現れるというのが良い。旅先では親の財布の紐も緩みやすい。わたしは露天風呂より会席料理より、エレベーターのボタン横に印字された「ゲームコーナー」という文字に心が躍った。

宴会場での食事を早々に済ませ、「ちょっとトイレ」と言って、わたしはゲームコーナーに駆けていった。

ところどころ塗装がはげ、ガラスはくすんでいるUFOキャッチャーがあった。中身の景品も、ドラえもんのぬいぐるみと、『北斗の拳』のキーホルダーがなぜか一緒くたに詰め込まれている。さながら物置か、在庫処分セールといった具合だ。

だけど、ポケモンが大ブームだったせいか、一台分ぜんぶポケモングッズでそろえられたUFOキャッチャーもあった。

プラスチックでできた、ピカチュウの大きな貯金箱が、わたしの目に留まった。

その頃のわたしは、ゲームセンター好きが高じて、小銭好きの頭角も現していた。カネゴン並みに小銭を欲していた。小銭を貯めておける貯金箱も大好きで、夏休みの自由工作ではかならず紙粘土で貯金箱を自作していた。

決めた。あれが獲物だ。

すぐに宴会場に戻って、叔父と叔母からもらったおこづかいがほしい、と母に頼み込んで、500円だけ受け取った。母は「こんなとこまで来て、あんた……」と呆れていた。

ピカチュウの大きな貯金箱めがけて、クレーンを操作するが、取れなかった。惜しいとかいう問題ではない。箱がぴくりとも持ち上がらないのだ。赤ちゃんだってもうちょっと摑めるぞというくらい、アームの力が弱い。

温泉旅館に置かれているUFOキャッチャーというのは、大抵、設定がしょっぱい。遊ぶ客が少なくて儲からないからか、または、どうでもいいと思われているからではないか。

500円はあっという間になくなった。

なんの達成感も高揚感もなく、あまりにショックで、宴会場に戻るとちょうど配膳されていた大好物のチョコレートアイスにすら手をつけなかった。

不機嫌なわたしを見て、親戚がたずねてくる。

「そんなにふくれっつらで、どうしてん」

わけを話すと、わたしの母と父は「またか……」という表情だったが、普段あまりゲームをやらない親戚たちにとっては新鮮だったらしい。

「おっ。そんなに難しいんか。ほな俺が挑戦してくるわ」

タバコ休憩のついでに、かわるがわる、叔父や祖母が挑戦しに行ってくれた。

「あかん、無理や。あんなん絶対に取れへん」

誰かが不満をもらすと、そんなに言うならいっぺんやってみようか、と野次馬でまた誰かがゲームコーナーへ向かう。

わたしは、絶対取れっこないとわかっていたので、ずっと不機嫌だった。自分で諦めがつくまでやりたいので、小銭をくれたらそれでよかったのに。

ゲームが苦手な父だけは「くだらん、くだらん」と絶対に行こうとしなかった。

結局、誰もピカチュウの貯金箱をゲットできないまま、宴会はお開きになった。わたしは部屋に戻り、「みんなとお風呂行く?」と母に誘われても、首を横に振って、布団に顔を埋めた。はやく寝てしまいたかった。

「もうええ、もうええ。奈美ちゃんなんか、ほっとこ。温泉よりゲームが好きなんやし」

こういう時、本当に父は癪《しゃく》にさわる言い方をする。へらへら笑って、母と弟をつれて部屋から出て行ってしまった。冷蔵庫の中の有料ジュースをがぶ飲みしてやろうかと思ったが、しこたま怒られるのはわかっていたのでこらえた。

その父が、景品の箱を片手に戻ってきたので、こりゃもうブッたまげた。

「これがほしかったんやろ? ポケモンや」

思わぬヒーローの登場に、親戚たちはワッとわいた。父がどうやって取ってきたのか、不思議でたまらなかったが、なんと女将に直談判《じかだんぱん》したそうだ。

「こんなにお金使ってるんやから、景品を買わせてくれ。娘がほしがっとるんや」と頼み込んだそうだ。わたしは唖然としてしまった。

恥ずかしかったのもあるが、なにより。

その景品が、わたしのほしかったやつと違うのだ。

それはピカチュウの貯金箱ではなく、「手のひらピカチュウ」というオモチャだった。ピカチュウのフィギュアの底面にセンサーがあって、手のひらにのせると「ピカチュウ」と鳴く。言ってしまえばそれだけのオモチャなのだが、当時は二百万個以上も売れていた。

実は、すでにひとつ持っていたのだ。「手のひらピカチュウ」は。

いつも片付けをさせられて、わたしのオモチャ事情に精通している母だけは、なにかを察したように微妙な顔をしていた。

「パパ、頑張ったんやから。機嫌なおしてあげ」

母にささやかれ、わたしは消え入りそうな声で「うん……」と答えた。

「手のひらピカチュウ」が二個存在する家はめずらしく、友だちが遊びに来るたび「なんで?」と何度も聞かれた。なんでだろうね。違うポケモンだったら、ごっこ遊びもできるが、どっちも「ピカチュウ」と鳴くだけのピカチュウなので、思い思いに手のひらに置いては鳴き声を聞くという、不思議な時間を過ごすほかなかった。すぐに飽きた。

こんなことなら、早く打ち明けておけばよかった。景品より、それを取る過程が好きなんだと。

打ち明けることができたのは、遅れに遅れて、つい最近だ。

親戚の法事の帰りに、母とお茶をしていて、思い出したのだ。

「今までいろいろゲームやってきたけど『らんらんらんど』で、自分の実力だけで景品取ってた時が一番楽しかったわ」

「『らんらんらんど』……？　あーっ、あんた、おばあちゃんによく連れてってもらってたなあ。ほんまに、全然帰らんくて困ったわ」

つられて思い出しながら、母が笑う。

「あれな、おばあちゃんが、あんたのおらんところで店員さんに頼み込んでたわ」

「……はあ!?」

「孫娘が泣きよるから、ちょっとでも取りやすいようにしてくれって。おばあちゃんの迫力すごかったから、店員さんも渋々オマケしてくれて……わたしは恥ずかしくて、ごめんやけど離れたところから見てた」

手のひらで踊らされていただけだった。

祖母も父もいない今、下駄を履かせてもらうことはできない。負けるギャンブルに、才能もないのにのめり込んでしまいそうだから、近所の景気のいいゲームセンターにある、ラムネがわんさか取れる小さなＵＦＯキャッチャーで欲望をせっせと散らしている。食べもしないのに。

すすめづらいものを、他人にすすめる　@北海道　札幌《さっぽろ》

ひとりの医師に一冊の本を届けるため、北海道へ飛んだ。

十月だけど全国的に夏日が続いていたので、汗っかきのわたしはスーツケースに半袖のブラウスを詰め込み、Tシャツを身にまとってきてしまった。

新千歳《しんちとせ》空港の地下から電車に乗り、札幌駅で降り、ターミナルビルを抜けてようやく屋根のない場所に出て、ホテルのすぐそばにある時計台を目指して、気持ちのいい陽射しのなかを歩いていたときまではよかった。

時計台の影になる部分に足を踏み入れた途端、思い出したように寒くなり、近くのユニクロに駆け込んで、セールで半額になっている長袖シャツと、ワイドパンツを買い求めた。売れ残りで色を選ぶ余地はなく、巨大な焼き芋のような配色になった。巨大な焼き芋が、札幌の街を歩いた。

SNSで「病理医ヤンデル」先生と言葉を交わしたのは、七月だった。

わたしの二冊目の本が出版されたので、それを記念して公開対談が催された。タイトルに「人生相談イベント」とあったので、てっきり参加者の人生相談を受けるものだと思っていたら、どうやらわたしがヤンデル先生に人生相談をするらしいということを開始直前で知った。丸腰のわたしは焦ったが、始まってみれば、うなされながら麦茶を寝ゲロしたあの真夏の夜みたいに、スルッスルと口から出るわ出るわの、悩みのオンパレード。わたしというやつは丸腰になっても頓痴気《とんちき》な悩みを標準装備していることと、ヤンデル先生という存在はそんなわたしの悩みに寄り添いつつ真綿のようなユーモアで包んでくれることを知った。

対談は、わたしのいる京都と、ヤンデル先生のいる札幌を、オンラインで繋いで行われた。ヤンデル先生は「大切な機会だから、念には念を入れて」と、買ったばかりのイヤフォンを画面越しに見せてくれた。黒いイヤフォンのコードが、パソコンに向かって伸びており、コードの途中にはマイクの機能を持つスイッチがついている。ワイヤレスのイヤフォンに比べて、音声のラグが少なくなるのだ。

しかし対談の途中、われわれは幾度となく、

「モシャッ、モシャッ」

という、大きめのクマが新雪の上を歩くような雑音に見舞われた。見れば、ヤンデル先生が

語りながら、イヤフォンのコードに指を絡ませ、マイクに触れているのだ。手癖だ。

「あっ、すみません。慣れてないからつい触っちゃって」

とてもわかる。わたしも話していると、手や足がバタバタと動いてしまう。小学校の授業なんて、それで何度叱られたことか。夢中で、集中しているのに。

いきあたりばったりの人生相談は、モシャモシャ音をエレキベースのごときバックミュージックにして続いていった。

そのときわたしは、ヤンデル先生と会って話したいと思った。

あれから、三冊目の本『傘のさし方がわからない』を書き上げることができた。発売前の見本として自宅に届いたうちの一冊を、ヤンデル先生のもとへ送ろうと便箋を探し、ふと思い立った。

「そうだ。札幌まで持って行こう」

理由はふたつある。

ひとつ目は、直接お顔を見て、ご挨拶をしてみたかったこと。

ふたつ目は、以前に対談のお礼を兼ねてお菓子を郵送したのを思い出したからだ。関西でしか買えないちょっとしたお菓子だったが、数日後、丁寧すぎるメッセージとともに、倍の量の立派なおかきが届いてしまった。ただのおかきではない。味が、ホタテに毛ガニに、ウニにエビ。こんなものをいただいたなら、また倍で返したくなる。しかしわたしもヤンデル先生も、こういったことには異常に腰が低く、真面目であることがわかっているため、このまま郵送で倍々の応酬が続けば五年後には親戚が持っている裏山や、金の卵を産む雌鶏などを交換することになりかねない。

ヤンデル先生に相談すると、こんな時期だしお互いに長居はできないけど、ぜひにと承諾いただけた。

ただ、それだけを目的にした場合、さきほどの推論でいくと、恐縮したヤンデル先生が後日、京都まで飛んでくることになってしまう。そこで訪問の前に小さな小さなサイン会を札幌駅の近くで開くことにして、ヤンデル先生には「ついでなので、持っていきます」と伝えた。

ひっそりとはじまったサイン会は、札幌の読者の方々に温かく喜んでもらえた。

印象深いのは、ほとんどの人が、食べ物を持ってきてくれたことだ。わたしは普段、どれだけ腹を空かせているように見えるのだろう。たしかに意地汚そうな振る舞いが常ではある。

「帰りの飛行機で荷物になっちゃいけないから」

と、みんなが前置きして、

「できるだけかさばらないのを選びましたよ」

その前置きがあってもなお、グイグイと食べ物を渡してくれるのがおもしろかった。六花亭のバターサンド、ロイズのポテトチップチョコレート、とうきびチョコのチョび、北海道開拓おかき、トマトジュース、パック入りカツゲン、セイコーマートのちくわパン。それらが二十個ほど。

かさばらないという概念を疑いそうになったけど、本当に美味しいのだから仕方がない。そこまでして渡したいほど、太鼓判を押せる食べ物が、北海道にはあふれているということだ。なんてうらやましい。

わたしなんて京都に引っ越してから「八《や》ツ橋《はし》……本当にいるかなあ、八ツ橋……京都っぽいけど……まあ、どこまでいっても八ツ橋だもんな……」と、手土産を買っていくかどうか、迷うばかりだというのに。

ありがたく頂戴したご馳走の品々を一旦ホテルに置き、その足で、ヤンデル先生がそろそろ勤務時間を終えようとしている病院へ向かった。ちょうど日が沈むところで、冷たい風が大通公園のテレビ塔の方から吹いてきた。

ヤンデル先生は白衣ではなく黒色のスーツに、しっかりとネクタイを締めていた。眼鏡の奥で、小山みたいに垂れゆく目に、穏やかな笑いじわが寄っている。物腰のやわらかい敬語が、楽しい話題やボケをかますターンになると疾走して早口になる。

こんな人が医師だったら、ことあるごとに病院を頼りたくなるが、病理医という仕事は、患者さんにはめったに会わないらしい。患者さんの臓器や細胞を見て、病気や治療法を探るのだから、重要な仕事には違いないけど、勝手なことを言うと勿体ない気もした。病気で心が折れそうになっている人ほど、わたしは、ヤンデル先生に会ってほしいとさえ思うのに。

「いやあ、いい本です。これは本当に。いい本ですよ。絶望への処方箋です」

わたしが渡した新刊の本をめくりながら、ヤンデル先生が褒めてくれた。中身はほとんどウェブで公開していたものなので、読んでくださっていたのだ。

「絶望への処方箋」は、わたしとヤンデル先生の共通の知り合いがポロッとこぼしてくれた例えで、わたしもいたく気に入っているから嬉しい。

「それでね、僕も、岸田さんにお会いしたら渡したかった本があるんです」

どんな本だろう。いや、どの本だろう。

ヤンデル先生は、一般書も医学書も、何冊も本を書いている。てっきりそのなかの一冊かと思っていたら、渡されたのは、はじめて見る、大判の写真集だった。彼の自著ではない。

写真家・田村尚子《たむらなおこ》さんの、『ソローニュの森』。

「なかなか親しい人にすすめづらかったんです。いい本なんですよ、ものすごくいい本。でも写真集って高価だし、題材もハードルが高く見えるかもしれないから」

「なんでわたしに?」

「岸田さんになら、たぶん伝わると思って。僕が受けた感動が」

多幸感のような、優越感のような、使命感のような、とにかく受け取ったばかりの写真集を胸の前で抱きしめさせる感情に包まれる。そこでヤンデル先生に、急ぎの診断の連絡が入った。ヤンデル先生は謝りながら中座し、わたしは一人で待った。

できるべくしてできたような空白の時間はもちろん、写真集を開いた。

『ソローニュの森』は、田村尚子さんがパリから車で二時間かけてたどりついた、森の中にひっそりと佇む古い精神科病院(ラ・ボルド病院)での滞在記だ。百十三ページのうち、ほとんどは病院と精神病の患者さんや職員さんの写真。その合間に挟まるようにして田村さんがつづった日記のような文章が、時系列で掲載されている。

一人で待っている間、一気に読み終えてしまった。傑作だ。

ラ・ボルド病院は、精神病治療にたずさわる人々の間では、とても有名な病院らしい。そこには重い精神病の患者さんが入院しているのに、守衛や柵がない。その代わり、患者さんが思い思いに使えるアトリエや自転車がある。そこは静かな逸脱と賑やかなユーモアが同時に存在し、開かれていながら守られている。病で一度は社会から切り離されてしまった人たちにとっての、ユートピアのようにも見える。

そういう場所に光を当てて褒め称えたり、中にいる人が自ら誇り広めたりする発信は、よくあるといえばよくある。

『ソローニュの森』がそれらと違うのは、田村さんが最初から最後まで、異端者であることだ。そこでは精神に病のある人たちの方が多数派で、彼ら彼女らに最適化された暮らしが根付いている。田村さんが持つカメラは凶器にもなりうる。そう簡単には歓迎されないし、実際、彼女の視点にはある意味で冷めているとも捉えられるような距離があり、滞在中に逃げ出すことさえある。安直な迎合、共感、理解は、決して都合よく救いにきてくれない。

でも、静かに、緩やかに、微かに、患者さんと田村さんが理解を示し合うきっかけがある。言葉ではなにも語られていないが、写真が語っている。

カメラに向けられた患者さんの表情が、きっかけの前と後では、はっきりと違うのだ。どう違うかは、うまく言葉にできない。きっと田村さんもできない。言葉は、感情のすべてを表現し得ない。

『傘のさし方がわからない』にも収録しているエッセイで、わたしは、

〝先生ね、黙って号泣してたんよ〟

という一節を書いていた。父の心臓が止まったとき、力が及ばなかったと泣いてくれた心臓外科医師のことだ。ウェブで公開したとき、苦言を呈しながら訂正を求める読者があらわれた。号泣とは声をあげて泣くことだから、〝黙って号泣〟は誤用であると。

言葉としてはそうなのだが、わたしにとっては、そうとしか言いようのない光景だった。医師は、家族であるわたしより泣くわけにはいかないと黙っていた。でも彼は今にも声をあげそうなほどに悲しんでいた。わたしにはそれが号泣に見えた。

〝黙って号泣〟が誤りなのであれば、もう、それ以外にわたしは文字で語ることができない。悩んだ末、本に収録するときには〝黙って〟を削った。

今ではそれを後悔している。『ソローニュの森』で、肯定してもらえたような気がしたからだ。名状しがたい感情が、心の限られた専有面積にどっかりと居座り、呻いていることを。その呻きをなんとかして伝えたく、あがくことこそが、癒やしや祈りになることを。

ヤンデル先生が、戻ってきた。

「すばらしいですね、この本」

「病気や障害について語るって、こういうことですよね」

その言葉が聞きたかった。まさかブラック・ジャックの、あの名言が、こんなところで、しかも現役の医師に対して、思い浮かぶとは。

わたしは一冊の本を渡しに札幌へ来たのではなく、一冊の本を受け取りに来たのだった。

京都へ帰ってきて、わたしはいてもたってもいられず、ヤンデル先生に一冊の本を送ることにした。

イーユン・リーの『理由のない場所』。

十六歳の息子を自殺で亡くした著者が、その死のわずか数週間後に書いた本だ。それだけでも衝撃なのだが、この本の中で著者は、亡くなったはずの息子と対話を続ける。おどろくほど冷静に、疑問をぶつけたり、憎まれ口を叩いたりする。

だけど節々で、支離滅裂な表現や、真偽の不確かな混乱が差し込まれる。それは著者が、大きすぎる悲しみを前にして、語り得ないことを、それでも書こうと努めているからだ。本音を言えば、テーマも、文体も、海外特有の表現も、読みづらい。だから面と向かって堂々と、他人にすすめたことはない。

北海道の食べ物みたいに、誰からも美味しいと喜んでもらえるものじゃないと、わたしが思っているからだ。

だけどわたしは、この本に救われた。人生の旅において、必携の一冊になった。好意的な人から「これよくわからなかった、ごめんね」と言われることが、あまりにもつらい。だからすすめない。

ヤンデル先生から『ソローニュの森』を受け取ったとき、わたしは、気づいた。すすめづらい本を、すすめたいと思う関係性こそが、わたしが喉から手が出るほど欲していた他人との絆ではないか。

共感されなくたっていい。読まれなくたっていい。ただ、その人の本棚にあるというだけで。心の専有面積の、どこか片隅にあるというだけで。

酸いも甘いもややこしいことこのうえない人生を、なにも言わずに受け入れてくれるような安心感にも似ている。わたしはきっと、ずっと、そういう関係性を、この世界で作りたかった。そうすれば厄介な寂しさは、言葉にならない言葉は、希望にすら見えてくる。

遺書が化けて出た　@日本海上空

生まれて初めて、遺書を書いた。書く羽目になった。

三月二十一日、午後六時。押し寿司みたいな分厚い雪が張りついている札幌での取材を満喫し、すみれの味噌ラーメンと、とうもろこし茶のパックをお土産にぶらさげ、わたしは新千歳空港の搭乗待合室をブラブラしていた。

いつもなら新幹線は三本に一本、飛行機は五便に一便くらいのペースで盛大に遅刻し、逃してしまうのだが、この度の滞在ではそんなアクシデントがなかった。それどころか、取材の集合場所に五分前には到着していたし、なんなら朝もアラームが鳴る三十分前にギンッと目が覚め、ホテルの上等な掛け布団にくるまりながらネットサーフィンに興じた。

子どもの欲目かもしれないが、わたしの母はごま塩で握ったおにぎりのように、絶妙な塩梅《あんばい》でお節介をちょこちょこ焼いてくれる人だと思う。細かいところに気づき、ササッと世話するのはむしろ気持ちがいいという母が、唯一「これだけはほんまに勘弁してほしい」と弱り果てていたのが、寝起きの悪いわたしを叩き起こす作業であった。

アラームを一分刻みで、十も二十もかけても起きず、しまいにゃ起こしてくれた人に、冬眠から覚めて気が立っているヒグマのような唸り声をあげ、どうやったら思いついたのか記憶が一切ないオリジナル罵詈《ばり》を口走るのだから、お恥ずかしい限りである。

札幌で、わたしは生まれ変わったのだ。

そう確信した。三月になってもまだうずたかく降り積もる雪は白く、眩しく、わたしの遅すぎる門出を祝福してくれるようだった。卒業生答辞。わたし、岸田奈美は、ずんべらぼうを、卒業します——。ずんべらぼうとは、わたしが小学生のとき、明石《あかし》出身の先生が言っていた表現だ。辞書を引いたわけではないが、誰より多くずんべらぼうを拝受したので、使い方はだいたい合っていると自負する。

「最初からうまくいきすぎると、最後にしわよせがくる。気を抜かずに」

頭のなかで、老いた賢者が言う。怯えていたが、最後の難関である帰路の飛行機にも余裕で間に合った。勝利だ。

搭乗ゲートまでいくと、地上係員さんのアナウンスが聞こえた。

「十八時十五分発、神戸行き578便は、使用機材のトラブルにより、機内へのご案内が十五分ほど遅れる見込みです」

さらに十五分も余裕ができてしまった。さっき売店で、買うか迷って棚に戻した北海道開拓おかきをやっぱり買っていこう。のんびりと踵を返しながら、こんなにも優雅な空港の散策は一体いつぶりだろう、と感激していた。十年前、早朝の便に乗り遅れるのが怖くて、成田空港のベンチで長すぎる夜を明かしたのを思い出した。

結局、飛行機に搭乗できたのは、三十分後のことだった。

十二列目の席にたどりつき、お土産の袋を頭上の荷物入れに放り込み、カニ歩きで窓際の席に座った。ちょっと考えて、また立ち上がり、カニ歩きで通路へ出た。着ていたダウンコートを脱ぎ、クルクルと丸めて、これも荷物入れへ放り込んだ。

取材で、牧場の馬と触れ合ったときに、ずっと着ていたコートだ。空調に乗って、モワワワンとした馬の香りが漂ってきたから、息を止めて奥の方へ押し込んだ。神戸に着いたら、もう春だ。

乗客はまだ半分も乗り込んでいない。暇つぶしにスマホを取り出した。あと数分後には電波が使えなくなってしまうので、今のうちに。

ピコン。

ちょうど、通知がきた。ほとんど使っていないけど、一応かしこぶってインストールしているニュースアプリの速報だった。

「中国で旅客機が墜落　山火事が発生中」

大変な事故だ。発生したばかりの速報だったから、詳しい情報はほとんどわからない。いつものクセで、そのまま流れるようにツイッターのアプリを開いた。いつもなら、フォローしているアカウントが投稿した内容が時系列で表示されるのだが、数日前の仕様変更で、どうやらフォローしていない知らぬ存ぜぬアカウントの投稿も、話題になっている内容なら時系列に関係なく表示されるようになっていた。この仕様は評判が悪い。まったくもう、余計なことを。

そうして画面に現れた、ひとつの投稿に釘付けになった。

「また737‐800か。不調が多すぎるよ」

737‐800とは、飛行機の機種の名前だった。ニュースのアプリに戻って、見比べる。墜落した機体と同じだ。

ツイッターには、こんな投稿も続いている。

「各国で使用禁止になってる機体じゃん……」

断片的な情報だったが、どうやら、737‐800という飛行機があり、それは不調や事故が多いため、安全が保証されるまで使用を禁止している国が多い、ということらしい。

そんなことがあるのか。でも今回の事故が機体のせいかなんて、まだわからない。外務省のアカウントが、乗客のリストに日本人とみられる名前があるかを調べている、と投稿している。そこに、日本人だけを気にするなんて非情だ、という怒りの返信がぶらさがっている。何年も前に知った、イエモンの曲の歌詞を思い出した。懐かしい。だけど、確かあれって、非情というより外務省や大使館に問い合わせが殺到しないようにする実務的な理由じゃなかったっけ。

頭の中をすごいスピードで独り言が駆けめぐり、ニュースもツイッターも閉じて、母にメッセージを送った。

「中国の墜落事故、怖いね」

母のもとにも速報が届いていたんだろう。一瞬で既読マークがつく。

怖いねと言いながら、差し迫った恐怖はなかった。そのこと自体に、慣れてしまって久しい罪悪感が募る。

「怖いね。気をつけるんやで」

喉が渇いた。

足の間に挟んだ、ドクターマーチンのレザーリュックを開ける。搭乗前に自販機で買った水のペットボトルを取り出すと、その下に、飲みかけのペットボトルが横たわっていた。気づかずに買い足してしまったのか。120円損した。

これが、賢者いわく、最後のしわよせってやつかなあ。

ペットボトルに口をつけながら、なんとなく、座席前のポケットを見る。非常時脱出経路などの説明シートが差してあった。

この機体名を示す見出しには、737‐800と書かれていた。

「ぷえぇっ」

水を飲みきらないまま声が出た。シートを手に取る。

中国で墜落したのと同じ機種……。いやいや、同じ機種だから、なんだってんだ。一日に何千便、飛行機が発着してると思ってんだ。けど、これ、不調が多い機種だっけ。そんな危ないのが日本で飛んでるわけないじゃん。じゃあこの機体はなんなの。機材トラブルで、他の機体が使えなくなったから、穴埋めで格納庫から引っ張りだされたのかな。そんな、まさか、ミュージックステーションでt.A.T.u.の穴埋めにミッシェル・ガン・エレファントがもう一曲歌ったのとはわけが違う。こんな穴埋め、あるわけないだろ。各国で禁止されてるんだぞ。

頭のなかで、常識の賢者と、不安の愚者が言い争いをしている。

「この飛行機、こわい」

母に送る。

「降りたら。船にしい」

ポーン、とチャイムの音がした。いつのまにか乗客は全員、乗り込んでいた。搭乗口のハッチが閉まる。滑走路へ向けて動き出す。

隣に座る二人組の女性客は、韓国アイドルの話でキャッキャと笑っていた。前の男性客は、壁にべったりと側頭をくっつけて、エンジンの音に聞き惚れるように眠っている。

ここで叫んだら、どうなるだろう。

「これは事故が多い機種らしくてェ、同じのがァ、さっき墜落したんですよッ！　降りませんかッ」

わたしが不審者だと思われて、取り押さえられてしまう。主観と客観が大シケの海みたいにザブンザブンとせめぎ合う。

そうこうしてる内に、グンッと背中が押しつけられる。離陸だ。離陸が始まる。もう叫んでも遅い。

二ヵ月前、東京ディズニーシーで、タワー・オブ・テラーに乗ったことを、今さら後悔した。内臓が浮かび上がる感じが鮮明に再生されるからだ。

身体が背もたれについて、やっと、自分が冷や汗でビッチョリ濡れているのに気づいた。腕につけたスマートウォッチの画面に触れると、心拍数がバカ高い数値を叩き出している。エアロビをやってた時と変わらない数値だ。

青ざめるわたしを乗せた飛行機は、離陸し、順調に札幌上空を旋回して、日本海上空に出た。ほらみたことか。

わたしの心拍数は犬の散歩をやってた時くらいまでには落ち着き、飲み物のワゴンを持ってきたCAさんにアップルジュースを注文した。

なにかで気を紛らわさないと、またイヤな想像に支配されてしまう。わたしはリュックの中に新書を一冊入れていたことを思い出し、それを読むことにした。

高橋源一郎《たかはしげんいちろう》さんの『一億三千万人のための小説教室』だ。尊敬する赤塚不二夫《あかつかふじお》さんが作品づくりの参考にしていたと知り、手に入れた。なぜ彼がこの本を気に入ったのかは、序盤で判明する。

小説を書くのは、バカの方が向いてる。バカは無知とはちがう。バカは自分が知らないことだけは知っている。だから、知りたくなる。世界がどうなっているかを。

そういうことがとても穏やかな言葉で書かれていて、たちまちこの本のとりこになった。わたしは考えはじめた。どうして飛行機は飛ぶんだろう。ナントカの力が働いてるって習ったような気がするけど、ナンだったか。反射的にスマホを手にとったが、電源は切れていた。

ここは上空だ。

その時。

ガクン、と胃が浮いた。アップルジュースの表面が跳ねる。

「ワ、ワ」「キャア」

あちこちから短い声が聞こえるが、誰よりわたしの声が大きかった。

「ギャバッッッッ」

前の席でエンジン音をショパンか何かのように聴いていた彼が、ピクリと揺れたが、またすぐ眠りに落ちた。わたしだっていっそ眠りたい。だけどイヤだ。あんな風に壁へ耳をつけて、もしエンジンの異音が聞こえてきたらと思うと、震える。

間をあけず、アナウンスが流れる。

「雲の影響で、揺れが生じております。安全な運航には支障ございませんので、ご安心くださ い……」

なあんだ、と安堵の空気が機内に広がる。わたしだけが違った。

心臓から流れ出る血が、冷たい。指先から戻ってくる血も、冷たい。冷気を先頭にした二つの血流が、ちょうど肘のあたりで合流して、肘がやたらと冷たい。

死。

さっきは本当に、死を意識した。

たかが一メートルかそこら、気流が乱れて落ちただけにすぎないが、機体の事実を知ってしまい、ビビりまくっているわたしの体感では十メートルくらい落ちた。階段の最後の一段を踏み外したときのアレに似ている。

三年前、母と初めてハワイ旅行へ飛んだときも、このくらいの揺れに見舞われた。二人だったからよかった。一人はいやだ。だってこんなにも、心細い。わたしはまだ、なにも残していない。

本はちょうど村上春樹《むらかみはるき》さんの『羊をめぐる冒険』の引用が出てきたところで閉じる。

リュックの中から、ズルズルズルッと、愛用のノートパソコンを引きずり出した。ものを書いて暮らそうと決めたあの日、輝かしい未来に思いを託して〝ゴールド〟という景気のいい色名にひかれ注文したら、実物はほとんどピンク色だった、わたしのMacBook Air。

パカッと開くと、わたしが横着していつも電源を落とさないため、スリープ状態の相棒は、すぐに臨戦態勢をとってくれた。

文章を書きためているメモ帳ソフトを立ち上げると、一番上には、

「今日は早く起きられたので、札幌駅のスターバックスに行った。あらびきソーセージ&スク

ランブルエッグのマフィンを注文しようとして『あらびきのマフィアください』と言ってしまった」

わたしは頭を抱えた。

いま事故に遭って息絶えれば、これがわたしの遺作になるのである。

こんなもんを遺された家族は、悲嘆に暮れながら、一体なんの遺志を受け取ればいいのだろう。あらびきのマフィア。標的のひとつ隣を撃っちゃうヒットマン。駐禁を切られちゃう黒ベンツ。

遺書だ。

遺書を書こう。

過度のストレスにより、思考は常軌を逸していた。

わたしは以前から自身のブログで「遺書はいらない。日記がほしい」と言っている。別れる人に向けて語りかける言葉は、励ましにもなれば、呪いにも転じることを、身にしみて気づいていた。わたしは父の「お前は大丈夫や」という最期の言葉に、いまだ振り回されている。日記がいい。あなたのまわりでどんな音がして、匂いがして、誰と話して、なにを決めたのか。何気ない選択のしるしを、迷うわたしの道標に加えさせてほしい。

そういった手前「わが弟よ、きみに望むことは……」などという、ベーシックな書き出しをするわけにもいかない。

後ろの席から、子どもの声がした。

「仮面ライダーリバイス、変ッ身！」

目で見て確認しなかったが、たぶん、仮面ライダーのおもちゃか何かを使って、変身ポーズを演じているようだった。

変身。

この飛行機が落ちそうになったら、誰かが仮面ライダーに変身して、助けてくれたらいいのに。仮面ライダーって、変身しただけで、空、飛べるっけか。たぶん飛べなかったよな。飛べるのはウルトラマンだ。ウルトラマンってどうやったら呼べるんだろう。連絡先を知らない。じゃあスーパーマンでもいいや。いっそマーベル作品のヒーローなら、だいたい誰でもいい。スケジュール調整できそうな人から、変身をお願いしたい。

変身。

そういえばフランツ・カフカ作の『変身』って、すごいよな。普通、虫になったら、パニックになるもん。虫になった自分を冷静に観察してるから、すごいんだよな。名作だ。そういう渋滞した思考回路を経てわたしは、フランツ・カフカを真似て、いま捉えている景色と感情のすべてを冷静に観察し、書いておくことにした。

一心不乱にタイピングをしているわたしに気づいたのか、隣に座っている女性が連れに向けて、カチャカチャカチャカチャと手を動かす仕草を披露し笑っていた。うらやましい。君たちはそのまま、血も凍るような不安を知らずにいたまえ。

馬の心臓は思ったより小さい。あれでは大きな身体ぜんたいに血が行き渡らないので、足を踏み鳴らして、血流を巡らせている。馬の第二の心臓は足。わたしの第二の心臓は手。動け。巡れ。生きろ。今日途絶えるかもしれないこの命を。

とっ散らかった内容には目をつぶるとして、一旦、書き終えた。六千字もあった。今までで一番の速筆だった。豪脚。疾風。稲妻。わたし。

さて。

書いたはいいけど、これをどうやって遺せばいいのか。インターネットにつながっていないので、地上の誰かに送ることもできない。

その時、ぼんやりとわたしの記憶に蘇るのは、グルメマンガで読んだ、納豆の発酵手順だった。大豆を入れた容器を、タオルや毛布で何重にも包む。そうしたら、熱だか冷気だかをかなり防げるという話だった。

わざわざCAさんにお願いし、荷物入れからダウンコートを取ってもらう。モワワワン。馬の匂いが濃くなっていた。パソコンをカーディガンで包み、リュックに入れ、さらにダウンコートで巻き、前の座席の下に入れた。

座席前ポケットに、ゲロ袋（我が家での俗称。正しくはエチケット袋）が二枚、差してあるのに気づいた。これが家にあると、細かいゴミを入れられて便利なのだ。母に喜ばれるので、取り出して、パソコンと一緒に包んでおいた。そんな場合かよ。母の朗らかな笑顔を思い出すと、さみしくて涙が滲んだ。

やれるだけのことをやったら、突然、重い尿意に襲われた。実は少し前から前兆はあったのだが、できることならトイレへ行きたくなくて、尿意を遠くへ追いやっていた。

トイレにはシートベルトがない。もし、用を足しているときに、大落下したら。考えただけでも悲惨だ。

わたしは狭いトイレが、そもそも苦手なのだ。三点式ユニットバスも絶対に足を踏み入れたくないので、外泊するときは割高でも、バストイレ別か大浴場のあるホテルを慎重に選ぶ。飛行機や新幹線のトイレを使ったことなど、人生で一度か二度くらいしかないので、いつも躊躇なく窓際の席を陣取っていた。

今までにない恐怖が、いつにない尿意を呼び寄せた。

我慢できず、渋々、席を立って通路に出る。今にもなにかが起きて揺れるんじゃないかと思うと、気絶しそうだった。

よろめきながら、トイレのある最後尾までたどりつく。タッチの差で、スーツを着た初老のおじさんに先を越された。ただでさえ早く済ませたいのに、通路に丸腰で立って、待つ羽目になった。

遅い。

おじさんが出てこない。

わたしの気がせいて、時間の感覚が狂ってるのだろうか。

しかしCAさんが何度も「申し訳ありません」と頭を下げてくれるので、やっぱり遅い。というか、いったい、彼女たちはなにに謝っているのだろうか。おじさんの〝出の悪さ〟にか。ホスピタリティの権化《ごんげ》だ。

そうこうしているうちに、わたしの後ろにも、他の乗客が並んでしまった。へたすると、わたしもCAさんに〝出の悪さ〟を謝らせてしまうかもしれない。そんな最期は嫌だ。高速で用を足そう。そう決めた。

……ボシュッ、スコーッポ！

「ギャッ」

トイレから聞こえてきて、思わず声を上げてしまった。飛行機のトイレが流れるすごい音を、はじめて聞いた。

「申し訳ありません」

CAさんが言った。


出すものを出したわたしは、なんだか急に、大丈夫になった。

カーテン奥のギャレーでCAさんたちが交わしていた会話を偶然、聞いてしまったからかもしれない。

「機内販売用のコンソメスープ、明日までに補充してもらうように」

だいたいそんな内容だった。コンソメスープは明日までに補充されるのだ。つまり、この飛行機は、明日も乗客を乗せて飛ぶのだ。落ちる気配など微塵もなく、約束された未来へ向かって航行中。

小学生のわたしが、『ハリー・ポッターと賢者の石』を読み終えそうになって、大好きなハリーたちの世界とお別れという猛烈な悲しみに耐えていたら、最後のページに『続編・ハリー・ポッターと秘密の部屋』の広告を見つけ、心底ホッとしたのと同じこと。

わたしは無敵状態になった。

この飛行機には、なにも起きない。むしろわたしが無事に着陸させてやる。無心で祈った。成功した暁にはマーベルに版権を譲ってもいい。

「引き続き、雲の影響で揺れておりますが、安全な運航に支障はございませんので、ご安心ください」

今日はやけに、その言葉が繰り返されているような。わずかに低く、よく通る、落ち着いた声で。ホスピタリティの権化。


定刻より三十分遅れて、神戸空港に着陸した。

飛行機を降り、手荷物受取所のゴウンゴウン動くベルトコンベアを横目に通りすぎ、モノレールに乗りかえ、席に沈みこんだとき。腰が抜けそうになった。

生きてる。

大きな事故や病気を経験したことがないわたしにとって、人生で最も、死の恐怖を味わった日だった。家族が命の危機に瀕したときも、外国で戦争がはじまったときも、怖かったといえば怖かったが、どちらかというと大きな悲しみが追い越していった。今日のは純度百パーセントの恐怖だ。もう二度と味わいたくないが、ずっと覚えておこうと心に誓った。

航空関係の仕事をしている知人にたずねると、

「不調が多くて、利用が禁止されてるのは737‐800じゃなくて、似ている名前の別機。中国語のニュースを誤読した人が、間違ったまま情報をツイッターで投稿して、それが拡散されてたんだよ」

と説明してくれた。

離陸前にわたしが読んだのは、誤った情報だったのだ。もう一度ツイッターを開くと、その投稿はもう削除されていた。

「むしろ737－800は世界で多く、長く使われている、それだけ評判の高い機体。今日も明日も、何便も飛んでるのに。ひっどい間違いだよ」

知人は、命の安全に関わる誤った情報を、あっさりSNSへ投稿する人がいることに怒った。わたしも怒った。お土産の袋をどこかに置き忘れたことにも気づき、しょげた。

中国の墜落事故に遭われた方々が早く発見されることを祈り、そして日々、飛行機の安全に尽力してくださるすべての方々に深く感謝したい。

もうなにもする気力が湧かないぐらい疲れ果てたが『小説現代』の締め切りが迫り、いよいよ尻に火がついていた。いい加減にしないと怒られる。ここで倒れるわけにはいかない。

そういうわけで、用済みになった遺書は、この原稿に変身を遂げたのだった。

家族旅行は白く霞んで　@鳥取県《とっとり》の大山《だいせん》の麓《ふもと》

幼いころ、弟はいつもフードつきのスウェットばかり着せられていた。障害の特性なのか、同年齢の子どもたちに比べると明らかに落ち着きがなく、彼はまるで跳ね回るパチンコ玉だった。

ついさっきまで地面へ座っていたと思えば、ワープしたかのような速さで道路へ飛び出し、間一髪、母に抱きとめられて命拾いしたこともある。びっしょりと汗にまみれて心臓をバクバクさせる母は、弟の服すべてをフードつきに替えた。万が一のとき、フードを引っ張ってでも弟を止めるためだった。

パチンコ玉を擁するわが家では、休暇の行楽に次々と〝バツ〟が増えていった。

新幹線、飛行機、電車。弟がじっとして乗ってられないので、バツ。

ホテル、旅館。弟が日の出を捕まえにゆくかのごとく夜通し走り続けるので、バツ。

動物園、水族館、遊園地。人がたくさんいる場所では弟が叫びだしてしまうので、バツ。バツ、バツ、バツ。もう安寧の地は自宅のみかと思われたが、父や母は、マルを探して奮闘してくれた。知らない土地で、知らないものに触れれば、知らないなにかに出会える。どうにも生きづらい家族だからこそ、そういう希望を見続けていた。わたしたちは、オアシスを求めて、旅をするキャラバンだった。ラクダは逃げたが。竜巻に飛ばされたが。蜃気楼《しんきろう》もたぶん百個くらい浮かんでるが。


わたしが八歳、弟が四歳くらいのときだ。

夏休みの旅行先は鳥取の大山に決まったと、夕食の席で父から仰々しく発表があった。ハンドルが取れるんちゃうかと思うほど軋む音を立てるボルボ９４０を西へ走らせ、到着したのは、大山の麓に建つ一軒家。三角屋根から煙突がはえていて、駐車場にまで古びた木の香りが漂ってきそうな佇まいだ。それがホテルでも旅館でもなく、ペンションというのだと初めて知った。

なぜそのペンションを選んだのかというと、人里離れていて閑散としており、三食出してもらえ、家族みんなで一斉に入れる風呂があり、弟がはしゃげるキッズルームが夜通し開放されているからだった。

そんな条件の宿、今どき、楽天トラベルでも検索できない。ネットが普及してない時代に、よくもまあ、見つけてきたもんだ。父と母の執念じみた希望を感じる。オアシスは鳥取に存在した。

ペンション、ペンション、ペンション。

初めて耳にする魅惑の単語を、八歳のわたしは歌うように繰り返した。なんだか素敵なことが起きる場所のような気がした。

オーナー夫妻に案内された個室へ入ると、そこは屋根裏部屋だった。これは、あれだ。『魔女の宅急便』で、居候するキキが住んでいた部屋だ。弟が明らかに重たそうなベッドの上で跳ねると、ホコリが粉雪みたいに舞う。雄大な大山が映る窓から差し込む陽光にきらめく。弟は大喜びでパチンコ玉になった。

荷解きをして、父が長めのトイレを済ませ、ボルボ940の車内でぬるくなったオレンジジュースを飲みきり、占領するベッドの分割協定を結んでもなお、弟はパチンコ玉のままだった。このままでは床が抜ける。母が弟の両手を握り、『奈良の大仏さん』という歌をうたうときだけパチンコ玉は人間に戻った。奈良の大仏さんにとまった五羽の雀を順番に説明していく童謡なのだが、「五番目の小雀はおしりにとまって、くさいくさいおならだよ」という歌詞で、この世界の始まりかと見紛うほど弟がゲラゲラ笑うので、その部分が永遠に繰り返された。わたしはいまだ、一番目から四番目の雀の居所を知らない。

屋根裏部屋は薄暗くて狭く、天井は息がつまるほど低く、あちこち老朽化が目立っていることは、子どもながらに気づいていた。

父による、

「このペンションはええぞォ。俺にはわかる。ええペンションっていうのはな、あんまり幸せそうに見えへん夫婦が経営してると相場が決まってんねん」

という謎の尺度を、わたしと母は信じるしかなかった。

屋根裏部屋から階段で一階におりると、大きな木を切り出してつくったテーブルと椅子がならぶ食堂の脇に、小上がりになっている四畳半ほどのスペースがあった。真紅の絨毯《じゅうたん》の上に、ブラウン管テレビデオ、絵本、おもちゃが無造作に置いてある。これが今回の旅行の肝、キッズルームか。

テレビデオではディズニーの『バンビ』が上映されていたので、弟と見た。子鹿のバンビが森の仲間たちと暮らしていくストーリーだが、これがまあ、とりわけ暗いのである。あと怖い。バンビの母鹿は草を食べているとき、人間に撃ち殺されてしまう。

「お嬢ちゃん、今日のお夕飯はフルコース料理だよ。いろんなおかずがね、お皿に載って次々と出てくるから、楽しみにしていてね」

オーナー夫妻の旦那さんの方が言ってくれた。初めてのペンションはガッカリだったが、初めてのフルコースはワンダフルかもしれない。わたしはバンビで滅入っていた気持ちをムクムクとふくらませた。

フルコース、フルコース、フルコース。

喉を音楽隊が通りそうな響きである。それにしても、どことなくこの旦那さんがもの悲しそうに見えてしまうのは、父のせいだ。

夕飯には子鹿のローストが出てきて、ぶったまげてしまった。

小学生に、ジビエのハードルは大山より高い。さっきまで健気に野山を駆けるバンビを見守っていたというのに。

幸せそうに見えない夫妻によって食堂の照明は絞られ、テーブルの上のランプだけがゆらめいている。『マッチ売りの少女』を思い起こすほどに悲しい。旦那さんがわたしたちの前に立ち、今朝がた山で子鹿を獲ったということをしめやかに語るのだった。

わたしは子鹿のローストを食べられなかった。弟はこれが子鹿であることも、旦那さんの話もわかっていなかったはずだが、彼もこれを食べなかった。

父は三枚の子鹿のローストをたいらげながら、

「うーん、うまい。俺が言ったとおりや」

と言った。

家族風呂でわたしたちは芋となり、せっせと汚れを落として、温まった。パチンコ玉は三回転んで、四回飛び込んだ。

夜になるとキッズルームのテレビデオは消されていたが、大人たちのためだろうか、マンガのつまった本箱が部屋の真ん中に出現していた。

マンガはどれも日焼けしていて、昭和っぽいタッチが目立つものばかりだったが、何気なく引っ張り出した『シェイプアップ乱』という一冊に、わたしは夢中になってしまった。くわしい説明をここでは避けるが、家で読んでいたとしたら絶対に母から雷が落ちる類のマンガだ。

母たちが屋根裏部屋へあがっても、わたしはマンガを読み続けた。一、二時間は経ったろうか。目がショボショボしてきて、ふっとマンガの世界から戻ってくると、ここが家から遠く離れたペンションであることに気づき、隙間風が吹くみたいな寂しさがやってきた。みんなはもう寝てしまっただろうか。食堂の方から、ヌッと旦那さんが現れた。悲鳴をあげなかったのは、夕方に会ったときよりも少し、旦那さんが幸せそうに見えたからかもしれない。ランプとクッションを、黙ってわたしのそばに置いてくれた。そして黙っていなくなった。

『シェイプアップ乱』はなぜか最終巻だけが抜けていて、いったいどんな結末が待っているんだろうと想像していたはずなのだが、気がついたらわたしは、屋根裏部屋のベッドの端っこで寝ていた。キッズルームからはマンガの本箱が消え、大山の朝はうすい霧に包まれていた。

ペンションを出た岸田家一行は、大山の中腹にある展望台を目指すことにした。桝水高原《ますみずこうげん》から標高九百メートルまで、リフトで上がっていく。

二人乗りだったので、父とわたし、母と弟の二手にわかれる。空中でパチンコ玉を抱えることになった母は、そわそわしていた。それもそうだ。席から飛び出したら、スウェットのフードを掴んだところで宙ぶらりんの大サーカスになってしまう。

「風強いから、帽子飛ばされへんようにな」

リフトを待ちながら父が言うので、わたしはかぶっていたバケットハットを脱いだ。隣で母がしゃがんで、パチンコ玉をなだめていたので、母がかぶっている帽子の上に、わたしの帽子をちょこんと載せた。なぜわざわざそんなことをしたのか。定かではないが、緊張している母を茶化してリラックスさせたかったのだと思う。

母は気づかなかった。弟をがっちりと抱きかかえることに全神経を注いでいたのだ。わたしが乗るリフトからは、頭の上に帽子をふたつ載せた、サーティワンアイスクリームのダブルコーンみたいになっている母が見えた。霧で薄らぼんやりとしているので、地上から母を見ていた人たちがいれば大山の妖怪として語り継がれたかもしれない。霧立ち込める山から降りてきては、さらった子どもを小脇に抱え、二段重ねの頭を持つ妖怪。帽子と帽子の隙間からは三つ目が覗く妖怪だ。

リフトは展望台に到着した。ホッとして降り立つ母を誘導していた係員が「ブフォッ」と吹き出した。それでようやく母は、自分の頭の上に帽子がふたつ載っていることに気づいた。

「あんたは、もう、ほんまにもうっ。恥かいたやないの！　もうっ」

母が顔を真っ赤にして、わたしを叱り飛ばした。三十年間生きてきて、母が怒ったところといえば真っ先に思い出すのがこのシーンである。駄々をこねて飼わせてもらったメダカに餌をやりすぎて全滅させても、お金をもらって通った教習所を退学になっても、高校数学にまったくついていけず留年の危機に瀕したときも、めったに怒らなかった母が、なぜこの時だけはあんなに怒ったのか不思議だ。

父いわく、展望台にはさまざまなアトラクションがあるとのことだった。

当然、わたしは楽しみにしていたのだが、軒並みすべて霧に包まれていた。豪華景品がもらえるストラックアウトに挑戦しようと思ったが、五メートル先のマトが消失していた。

「高校球児の腕前、見せちゃるわい」と張り切っていた父のボールは、うすい牛乳みたいなモヤの中へ吸い込まれていく。パチンコ玉としての本領を発揮した弟は、たびたび雲隠れして大変だった。展望台からはなにも展望することはできなかったが、わたしたちのほかに誰も見当たらない山の空気は、存外澄んでいて美味かったように思う。悔し紛れに売店で父が買った、高級な蒜山《ひるぜん》ヨーグルトの方が美味かったが。

ペンションでもう一泊して、最終日。

わたしと弟は熱を出した。昼前には発つことになっていたので、朝五時に早起きした父は「お前らのために、クワガタとカブトムシ、どっちも取ってきたる。どっちもやぞ」と高らかに宣言した。わたしたちを不憫に思ってのことなのだろう。

ペンションのオーナー夫妻から網と虫かごを借りた父は、一山当てにいく鉱夫のような自信に満ちあふれていた。ベッドに寝かされているわたしと弟は、クワガタとカブトムシをそこまで欲してはいないのだが、とても言えなかった。言ったら父の機嫌が悪くなることはわかっていた。

父はお気に入りのポロバイラルフローレンの半袖ポロシャツに身を包み、虫かごをひっさげて森の中へと突入していったが、あっさり引き返してきた。

「あかん、あかん。この山、カブトムシなんか一匹もおらん。こんなもんやってられるか」

あまりの急転換に、父は森の中で妖怪に襲われ、体の中身をすり替えられたのかと思った。

結局、父の機嫌は悪くなっていた。カブトムシは前の晩から木に仕掛けをしておかないと寄ってこないのだ。わたしは知っていた。三年前にサンタクロースから贈られた生き物図鑑に書いてあったからだ。

汗ビッチョリで眠りこけるわたしと弟を乗せ、ボルボは神戸の自宅に到着した。わたしと弟は夕飯を全部たいらげるくらいには回復していたが、ポロバイラルフローレン一枚で森に入った父が発熱し、ひとりでアレコレ気を揉んでいた母も続いた。

これ以降、岸田家は四人そろって旅行をするたび、最終日にかならず全員が熱を出すという呪いにかかってしまった。父が山の神の怒りをかったに違いない。

今、家族は三人になってしまったが、熱は出さなくなった。先日取材の場で、母の頭にふたつ帽子を載せたらしこたま怒られたということを話したが、同席した母はきれいさっぱり忘れていた。

「あれは鳥取の大山やなくて、長野の北アルプスやなかった?」などと迷走する始末である。わたしにはあんなにも鮮明に、森の匂いも、霧の色も、食べられなかった子鹿のローストの香りも、蘇ってくるというのに。

隣の席で弟は、パチンコ玉だったことすら忘れて、いつまでもマイペースにぼうっと座っている。

ホラ吹きの車窓から　@静岡県新富士駅のあたり

母と一緒に上京する仕事ができた。

新神戸駅から東京駅まで、新幹線のぞみ号に乗って。母は昨年春に心内膜炎の大手術をしてから、神戸を離れることはほとんどなかったので、遠出は久しぶりだ。

四時間も眠らないうちに始発の新幹線へ飛び乗ったのだが、母は元気だった。それどころかギンギンに冴えていた。

「富士山、いつごろ見えるやろか」

新幹線から見える富士山を、ワクワクして待ちわびていたのだった。富士山なんて、これまでも新幹線に乗っていたら、何度でも見られたはずじゃないか。手術をする前の母は、仕事で月に四回も五回も、新幹線に乗って上京していたのに。

「ちゃうねん。出張はいつも一人やったから、富士山側やなくて、海側の席にしか座ったことないねん」

はしゃいでいる理由がわかった。車いすに乗っている母は、当時の新幹線のぞみ号だと11号車の海側の席にしか座れない。その席は車いすを置けるよう、広くなっているのだ。富士山を見るには、通路を挟んで反対側の窓からのぞくかすかな山影を、じっと目をこらして眺めるしかないのだ。時代が時代なら和歌の一首でも詠めそうな趣深さである。

今回は違った。わたしがいるので、小柄な母を抱きあげて席に座らせ、車いすをたたんで別の場所にしまうことができた。

山側の席を予約したのは、ただの偶然だ。

まだ京都駅も過ぎてないうちに、母はスマホの地図で富士山のおわす場所をチェックしながら、はしゃいでいた。

新幹線より飛行機を好んだ父は、ホラ吹きであった。息を吐くように、意味のないホラを吐いていた。

ある晩、父は会社から帰ってくるなり、大騒ぎした。

「キタキツネや。キタキツネがおった」

「どこに?」

「帰りの山道や。運転してたら、横からビュッて飛び出てきおった」

帰りの山道って、そりゃ神戸の六甲山《ろっこうさん》だ。キタキツネってのは、北海道くらい北にいるから、キタキツネっていうんでしょうが。六甲おろしは吹いてもいいけど、そんなつまんないホラを吹いちゃいけないよ。わたしは呆れた。

「それは普通のキツネやろ」

「いいや。あれは絶対にキタキツネや」

父は真剣だった。

母も真剣だった。

「いややわっ。どないしよう……役所とか、動物園とかに届け出た方がええんやろか」

真剣にうろたえていた。アホらしくなったので、わたしは部屋に戻って、寝た。

後日、父にキタキツネを描いてくれと、弟の色鉛筆と紙を渡したら、父はさらさらと白いキツネを描いた。ホッキョクグマと同じ原理で、北にいる動物は白いのだと信じていたのだろう。本物のキタキツネは黄金《こがね》色である。


まだ幼稚園生だったとき、風呂に入るたび、父のホラに泣かされた。母と弟が入ったあとで、父とわたしが入り、ぬるくなった湯を追い焚きするのだが、父はそのたびにバチャバチャと暴れだす。

「熱いっ、熱いっ。足が……足が、溶けるうっ」

叫んだあと、ブクブクと湯船の底へ沈んでゆくのだ。これが本当におそろしくて、何度やられても、わたしは泣きわめいた。

だけど、父のホラに振り回される数でいえば、わたしより母の方が圧倒的に多い。

母もいちいち信じなければいいのに、毎度毎度、本気でうろたえている。父のホラを見破れるほど年齢を重ねたわたしは、うんざりしていた。この夫婦はアホなんじゃないのかと。

父が急逝し、十六年が経った。わたしは三十歳になった。

先月の休日に、母の友人がやってきたので、母も交えて三人でだらだらと喋っていた。すると突然、母の友人がアッと声をあげた。

「いま、奈美ちゃんがお父さんに見えたわ」

「どこが？」

「お父さんも、そういう嘘ばっかりついてた」

今度はわたしが、アッと声をあげる番だった。驚嘆とも悲鳴ともとれる声を。

「心外な。わたしは父みたいなホラ吹きじゃないぞ」と立腹すればよかったのだが、冷静に思い出せば思い出すほど、ホラを吹いていた。年々、吹いていた。言われるまで気づかなかった。つまりわたしも、息を吐くように意味のないホラを吐き続けていたのである。

半年前、うちで飼っているトイプードルの梅吉《うめきち》を、一晩だけペットホテルに預けた。阪神高速道路の出口に近く、広々かつ青々とした運動場のあるホテルだ。母は車のなかで待っていて、わたしが梅吉を抱いて、受付をしにいった。

梅吉を預けたあと、車に戻り、助手席に座った。

「大丈夫やった?」

母が不安そうにしている。実際の梅吉は、しっぽをブンブン振り、受付のお姉さんに飛びつき、ウンともワンとも言わず運動場へ駆け出していったので、余裕で大丈夫だったのだが。

「梅吉、逃げてん」

「えええええっ」

「たまたま裏口が開いてて、そこから走り抜けていってな……追いかけたんやけど、高速道路の入り口まで走ってしもうて、見えへんくなった。危ないからって、いまスタッフさんがバイクで追いかけてくれてる」

ペラペラと口をついて出てきた説明はもちろんすべて嘘である。

母は、あわてふためいていた。

「どっ、どっ、どないしよう！　えっと、えっと……次の高速の下り口、どこやっけ」

大急ぎで車のエンジンをかけ、サイドブレーキに手をかけた。キョロキョロして、一瞬でパニックになっていた。

母は、高速道路に入っていった梅吉を捕まえるために、先回りする気だった。

なんでやねん。なんで梅吉が時速八十キロの道路を、休まずに駆け抜けるねん。ほんで、なんでキッチリと次の下り口で出てくるねん。逃げたにしても普通、戻るか、止まるかするやろ。

母の想像したことが浮かんできて、爆笑してしまった。ようやく嘘だと気づいた母が、胸をなでおろしながら「ちょっともう、やめてや。ほんまかと思ったやん」と怒った。

「信じるほうがおかしいやろ」

「だって……ETCゲートやったら、係員のおっちゃんもおらんし、誰も捕まえてくれへんかったんかな、って思って」

なんでやねん。なんで梅吉がETCゲートを選んで、通過するねん。

ホラ吹きの兆候は高校生の頃から、たぶんあった。芋づる式に記憶が蘇ってくる。

あれは大学受験当日の夕方だ。母は試験会場の近くまで、車で迎えに来てくれた。

「試験、どうやったん」

なんでもないように声のトーンを抑えているが、母がハンドルを握る手はじっとり汗ばんでいるのがわかる。

「あかんかった」

「えっ」

「鉛筆ぜんぶ折れてしもて。半分くらいしか、答えを書けへんかった」

母は黙っていた。いま思えば、縁起でもない嘘である。

わたしも黙っていると、車が甲山大師道《かぶとやまだいしどう》の大きなカーブにさしかかったとき。ハンドルをぐるぐるまわしながら、母は大きなため息をついた。

「鉛筆五本も持っていったのに、……なんでやのォ!」

なんでやのォ、という絞り出したような嘆きと、カーブを曲がる動きがあいまって、ものすごい悲愴感だった。わたしは爆笑した。

それから岸田家では「なんでやのォ」と言いながら、手をぐるぐる回す仕草が流行した。大学はトップに近い成績で合格していたのだった。

わたしと父。二世代にわたって、日常的に騙され続けている母が、なんだか気の毒になってきた。

それもこれも父のせいである。そういうことにしておきたい。

父は生まれつきのホラ吹きなのかと思っていたが、祖母や祖父にたずねても、心当たりはないという。いつから父は、母にホラを吹くようになったのか。母にたずねてみたが、母は母で
「しょうもない嘘をつかれたことは覚えてるけど、いざどんな嘘やったかと聞かれたら、なんも思い出せへん……」と頭をかかえた。

しかし、思い出はふいに湧き出てくるものである。

新幹線に乗って上京しての仕事は、「ほぼ日の學校」という場所で母娘対談をするというものだったが、富士山の登場を待っているあいだ、リハーサルがてら母と昔話をしていた。

すると、母が急に思い出し笑いをした。

「パパとな、初めてデートしたときのことやけど」

娘としてはあまり聞きたくない話題であるが、新幹線に逃げ場はない。

「待ち合わせ場所まで、パパが車で迎えに来てくれてん。バブルのときに流行ってたセダンで」

「ふうん」

「運転席の窓をウィーンって開けて、〝ひろみちゃん、お待たせ〟って。かっこよかったわァ。パパって、めっちゃモテててんで」

「へえ」

その話の一体なにがおもしろいのか、と思っていたら。

「ほんで車に乗らせてもらってんけど……あのな、窓がな、ほんまは手でハンドル回して開けるやつやってん」

今はボタンひとつで操作できるパワーウインドウが当たり前だが、当時は高価なオプションだった。パワーウインドウがついていない車は、扉の内側についているハンドルを、くるくると回して窓を開けるのだ。

しかし、それはカッコ悪い。父は、外から見たらパワーウインドウに見えるように、肩から上を一切ブレないようにして、手首だけで一生懸命ハンドルを回していたのだ。涼しい顔で、必死に。

なにやってんだ。

その無駄な努力が、母に大ウケしたらしい。

母も母で聞くところによるとモテていたらしいが、父は他の男にとられるのがいやで、母を積極的にデートへ誘い、喜ばせることに全力を尽くしていた時代の話である。

わたしは小学三年生のとき、東京で単身赴任をしていた父のもとをひとりで訪れた。遊園地やレストランに連れ回してもらえて、とても楽しかったのだが、最終日に代官山《だいかんやま》で置き去りにされたことがある。

「ええか。パパはちょっと買い物があるから、ここで待っといてくれ」

そう言って、わたしを残し、父は代官山の人混みに消えた。

もちろん携帯電話など持たせてもらっていない。小学三年生が、初めてやってきた大都会で、突然のひとりぼっち。ものすごく心細かった。泣きそうになった。時計もなかったのでどのくらい待っていたかわからないが、一時間にも二時間にも感じた。実際は十五分くらいのはずだが。いよいよチビりそうになったころ、父が「ごめんごめん」と、小さな紙袋を片手に戻ってきたのだった。

神戸に帰ってから知ったが、その紙袋の中身は、COACHのブレスレットだった。まもなく誕生日を迎える母は、父からサプライズでブレスレットを贈られ、それはそれは喜んでいた。キャーキャー言っていた。父が亡くなってからも、ずっと母の手首で揺れていたのを覚えている。

母の喜びようを見ると「パパはわたしを置き去りにしたんやで」と恨み節を伝えることはできなかった。母は喜びを引っ込めて、父を叱ってしまうような気がした。叱られた方がいいけど。

母は素直で、大げさだ。いちいち声をあげて、飛び上がるみたいにして喜ぶし。心配に心配を重ねて、この世の終わりみたいに悲しむし。昨日だって、新しいフライパンが届いただけで一日中ニコニコして、冷蔵庫の中の美味いものを全部詰め込みました、みたいなチャーハンを大量に生成した。そして夜になると、この幸せがいつか消えてなくなるのが怖い、と眉を下げながら海苔《のり》をかじっていた。真っ暗なリビングで、パリ、パリ、と海苔が悲しそうな音を立てていた。

ショッピングセンターの駐車場の中を運転し、たまたま目の前で車が出庫していくと「ラッキー！」と歌うように叫んで、母はそこへ入庫しようとする。

父はいつも「そんなんで喜ぶのはみっともない」と叱っていたが、母の癖は今も抜けていない。

母にはたぶん、受け取る才能がある。いいことも、悪いことも。なにかを深く考えるよりも先に、全身で受け取っている。

岸田家では、「母の日」は盛り上がるが、「父の日」はそうでもない。プレゼントを用意するのも三年に一回くらいだった。父が敬われていないわけじゃない。ただ、母に比べるとどうしても、贈り甲斐に欠けるのだ。父は。

一生懸命選んだプレゼントを父に渡しても、父は新聞を読みながら「おう、ありがとう。あとで見るからそこに置いといて」と言うのだ。これが母なら、なにをしていても手を止めて、大喜びしてくれるのに。

そのうち、こだわりの強い父は、きっとわたしが選ぶものは嬉しくないのだ、と思うようになった。悲しいというより、そりゃそうだよな、と納得した。

わたしが選んだプレゼントを父がそれなりに気に入っていたと知ったのは、父の葬式が終わってからだ。線香をあげに訪れる父の友人たちから聞いた。なにもかも遅い。

しかし、父を責められない。わたしだって似たところがあるからだ。この原稿を実家で書いている今も、母がカフェオレをいれて持ってきてくれたのだが、一緒にお盆に載っている、小皿に盛られた三枚のクッキーを「それさっき食べたから、もうええわ」と断ってしまった。母ならば、絶対に受け取って食べたはずだ。

父には、受け取る才能はないが、差し出す才能があった。

母をなんとかして喜ばせたいのに、照れてしまったから、ああいうホラを吹いたんだろう。

ホラには表と裏がある。

そしてわたしも、父と同じホラ吹きの道を歩んでいる。仕事のたびに差し入れを持っていったり、お中元を出しまくったりするのが好きだが、いつも「お返し」におびえている。

ホラを吹くには、母のいる家の外へ、出かけなければならない。母がびっくりするような、想像もつかないタネだかネタだかを、仕入れてこなければならない。ホラを吹くために、わざわざ歩いて、電車に乗って、知らない人と話して、せっせと働いて、旅に出ている。

新幹線のぞみ号が、待ちに待った静岡県に突入した。しかし、母ははしゃぎ疲れて、寝落ちしていた。

東京駅を間近にして母が起きたので、

「新幹線は昔と今でルートが変わっていて、富士山が見えないようになっていたから、起こさんかったで」と言った。

「へえー。たしかに新幹線って、昔よりも早く東京に着くもんな」

寝ぼけながら、母は納得した。

エッセイを書くということ　@パソコンの前で

わたしはなんのためにエッセイを書いてるんだろう。

二ヵ月前、ちょうど暑くなってきたころから、途中で力尽きるように、書くのをやめてしまう原稿がどっと増えた。どうにかこうにか、最後までたどりついても、頭のなかはスッキリしない。書くことが楽しくなくなってしまった。下手になったなあ、と落ち込んでしまう日もある。なにが楽しくてこんなことしてるんだっけ、と悲しくなってしまった。

最近、気づいたことがある。いや、本当はずっと前から気づいていたけど、気づかないふりをしていたことが。

わたしは、本当は、わたしのことが嫌いなのだ。

外ではつとめてノホホンと、楽しそうにやってはいるから、忘れてしまいそうになるが。

日常のちいさなことで蹴つまずいては、なんでわたしはこんなにダメなんやろか、と頭を抱える。しくじりを思い出しては、恥ずかしくなって「あわばばば」と街ナカで大声を出してしまう。

自分を嫌いなままで、生きていくのはしんどい。わたしは、わたしを好きになりたい。

そのためにやったのは、過去のわたしを利用することだ。

かつてわたしは、幼くて、弱くて、青くて、あまりにアホだった。あわばばば。目をそむけたくなるような過去をグイとつかまえ、土俵に引きずりだし、まわしを摑んで引き倒す。過去を見下ろしながら、わたしはこう言い放ってやるのだ。

「今のわたしは、あんたよりもちゃんとしてるからな」

土俵でじたばたしている過去を、しょうがないヤツだなと蔑《さげす》んでみる。そして名前をつけてやる。学びとか、気づきとか、反省とか。過去を語りなおすことで、予想もしなかったおもしろい笑い話や、胸をつかれる美しい話ができあがったりすると、とても嬉しい。

幼くて、弱くて、青くて、アホなわたしはそこにもういません。だってわたしは、もう、その過去に立派な名前をつけて、決別したのだから。それができるのは、今のわたしが、真っ当に成長したから。そんなふうに思えたとき、わたしは、ちょっとだけ今のわたしを好きになれるのだ。

過去のわたしへの強烈な否定が、現在のわたしの価値を肯定する。

ああ、しまった。もう連載は最終回だというのに、こんなイヤな出発点で、位置についてしまった。

走り出すしかない。

わたしはずっと、父に褒められたかった。

この連載がはじまったとき「筆を伸ばす、私を思う」という話を書いた。小学生になったばかりのわたしは、父に連れられた西宮浜で、堤防に絵を描いていいと言われた。緊張してなかなか描きだせなかったが、やっと絵筆を押しつけると、父は「ええやん。なかなかうまい」と褒めてくれたという話だ。

嘘だった。父がわたしを褒めたなんて、嘘だ。

嘘というか、実際は覚えてない。勝手に記憶をつくった。つくったもんだから、そのときの父の表情なんて、脳裏に浮かんできやしない。虚像だ。

物心ついたときから、事あるごとに、父はわたしへ期待してくれた。

「奈美ちゃんには才能がある。俺とおなじや」

父に憧れていたわたしにとって、その期待はダイヤモンド級の宝物だった。といっても、父から勉強や習い事を強制されたことはない。わたしという存在を、わたしが歩んでいく未来を、父はざっくりと楽しみにしてくれていた。

だけど、わたしの行動そのものを褒めてくれることは、ほとんどなかった。

わかりやすいのが、絵だ。

わたしは幼稚園のとき、二科展で入選した。百年以上の歴史を持つ美術展覧会だ。パッとしない岸田家の歴史で、そっちの方面に花開いた者はおらず、授賞式では一族郎党が駆けつけ、上を下への大騒ぎになった。

父だけは、授賞式を抜けたり入ったり、せわしなかった。

始めたばかりのリノベーションの会社が、工事の大詰めで忙しかったらしい。わたしに一張羅を着せてくれた母がぼやいていた。

そして、浮かれている岸田家のなかで、父だけが落ち着いていた。祝ってはくれたが、わたしの絵のことは細かく褒めてくれなかった。

二科展に入選したのは、後にも先にもこの一回だけだ。それもそのはずで、この絵は工夫や努力を重ねて仕上げた代物ではない。画用紙を埋めるのが面倒で、園庭に転がっていた白いテニスラケットをドアップにして描き、色が混ざったパレットを洗うのも面倒で、きたないラクダ色で大雑把に背景を塗りたくった絵だった。幼稚園生にして、横着の才覚が花開いたのだ。

そのあと数ヵ月して、父はわたしにパソコンを用意してくれた。ボンダイブルーという独特のボディカラーが当時は衝撃的だった初代ｉＭａｃを。

「これからはパソコンができないとあかん。奈美ちゃんの友達も、この箱の向こうになんぼでもおる」

小学校にあがってもなかなかクラスに馴染めないわたしを父は励ました。

「絵も描けるねんで」

得意げにペイントソフトを開いて、見せてくれた。わたしはこれを、父の期待として受け取った。新しいもん好きの父は、画用紙に描いた絵なんかより、こういうデジタルな絵の方を褒めてくれるんだ。そうだったんだ。

それもとうとう、褒められなかった。

丸っこいマウスじゃうまく描けないし、都合よくテニスラケットも転がっていない部屋じゃ、なにを描いたらいいかもわからない。チャットや掲示板で、知らん人たちとダラダラおしゃべりしている方が万倍楽しかった。電話料金がはねあがって、父と母からしこたま怒られた。

ある晩、ふと思いついた。

パソコンで、人気だった少女漫画雑誌のホームページにアクセスし、上手な絵を一枚みつくろって表示させた。その絵をペイントソフトで開き、色を薄くして、その上からなぞるようにして描いた。キャラクターの髪型や服装をほんのちょこっと変えたら、そこだけが異常に下手だった。

するると背後から、寝室にいたはずの父の声がした。

「おまっ……お前、それは！　盗作やんけ！」

盗作やんけ、盗作やんけ、という嘆きが我が家の３ＬＤＫにこだました。ような気がした。

またもや、わたしはしこたま怒られたのだった。褒められるどころか、盗作の意味をはじめて学んだ。

一度だけ、飽《あ》き性《しょう》のわたしが一週間ぐらいかけて、ペイントソフトの水彩機能を使い、ていねいに塗りを重ねて絵を仕上げたこともある。鬱蒼《うっそう》とした深い森のなかで、耳のとがった妖精の少女が、はかなげにたたずみ、片目から涙をツウ……と流している。そういう絵だ。あのときは、そういう絵が最高にイケてると思っていた。

「なんか……幽霊みたいやな……」

父は言った。わたしの愕然とした表情を見て、母があわてて付け足した。

「がんばって描いたんが伝わってくるよ」

そういうお褒めの言葉は、ほしいやつとちがう。以来、本気をだして絵を描くことはやめた。

それからも父は、事あるごとに、わたしにいろんな体験をさせてくれた。車で二十分ほどの郊外に、イタリア初期ルネサンス風の建築物ができると、父に連れられて見にいった。クリーム色の外壁に、赤い瓦屋根、モザイクタイルが張られた壁。

「どうや、むちゃくちゃ美しいやろ」

惚れ惚れした様子で父がいうので、何度もうなずいた。おおげさにうなずいた。本当はなにがそんなに美しいのか、よくわからなかった。

父が東京へ単身赴任をしてからは、わたしを飛行機で呼び寄せてくれた。南青山、赤坂、表参道……と、父が好きだという街をじっくりめぐり、アメリカンヴィンテージの家具がならぶ自慢のオフィスを案内された。本当は東京ドームシティの遊園地へ行きたかった。わたしが父のオフィスで唯一、絞り出すようにコレならカワイイかも、と言った「サングラスをかけて蝶ネクタイを結んだペンギンの像」は、いつの間にか実家のわたしの部屋に置かれていた。母が掃除の邪魔だとぼやいている。

こういう体験を外でひけらかすと、みんながわたしを褒めてくれた。小学生なのに建築物がわかるのはすごいとか、東京のセンスについていけるのはすごいとか。そんなユニークなお父さんを持ってうらやましいとか。

気持ちよかったが、同時に、あせった。

父から褒めてもらうには、父が良いと思うものをわからなければいけない。その領域へ迫るなにかを、この手で作り出さなければならない。それが、どうやっても、できないのだ。飽き性も手伝って、時間ばかりが過ぎていった。

そして中学二年生の夏、父は逝った。

「奈美ちゃんは、大丈夫。俺の娘やから、大丈夫や」

救急車に押し込まれ、意識を失う直前に、父が残した言葉だ。母だけが聞いた。

最後の最期まで、父はわたしに期待をしてくれた。褒めてくれることはなく、期待だけを残していった。

祝福だと思っていた。今は、ほんのちょっと、呪いのようにも思える。


七月で、わたしは三十一歳になった。

さすがにもう、ここにいない父を追いかけ、褒められることにしがみつくような、非現実的なことはしていないが、心の底ではいつも、理想の自分を追い求めている。理想を説明することはできない。というか、実在すらしない。ただ、この道の先には、今よりもっと賢く、もっと価値があり、〝才能があって〟〝大丈夫〟な自分がいるはずだとは信じている。漠然と。

二〇一九年にはじめて、エッセイを書いてみた。三年間で書いた原稿は四百本を超えたが、最初と今では、書きぶりが別人のように違うし、一本あたりの文字数も三倍ぐらい多くなった。

昨日より、もっとうまくなりたい。うまくなったと言われたい。そうしてわたしは、わたしを好きになれる日を待ちわびている。

愚かな過去へ、立派な名前をつけることにも慣れた。熟練の板前が手早く寿司を握るように、パパパッとエッセイをこしらえた。しかし、慢心した板前は、足をすくわれるのが料理漫画の定石なのだ。

「岸田さん。全部の物語に、むりやり教訓をつくらなくていいんだよ」

信頼している編集者さんから言われた。エッセイを土台にした小説を、口笛ふきふき、余裕しゃくしゃくで書き上げたところだった。

「教訓っていうか……わたしは本当にそれで感動したから、書いたんですけど」

「なんていうのかな。岸田さんは最初にまず伝えたい結論をつくって、それを説得するのにちょうどいい材料を過去へ探しに行ってる感じがするよ」

返す言葉を失った。

それのなにが駄目なんですか。いや、まあ、確かにそうですよ。その通りですよ。でもね、いい話ならそれで上等じゃないですか。だって、これでわたしは、わたしを好きになれるんだから。

たたみかけるような文句が、頭のなかをめぐった。言えなかった。

言えなかったのは、心当たりがあるからだ。

それから一週間のうちに、鼻息を荒くして、尊敬する作家さんの本を読みふけり、誰かが寄せた書評や解説にまで目を通した。何度も賞をとっている、歴史に名を残しうる人のエッセイの型や工夫を取り入れれば、気の利いた表現を拝借すれば、わたしはうんと成長できるはずだった。

新しい原稿を、夜通し、興奮しながら書いた。天才じゃないかしらとさえ思った。明け方に、全世界から色とりどりの投げテープで称賛される自分の姿を確信したら、それは紛れもなく危険信号であると、後の歴史に刻んでほしい。

編集者さんだけじゃなく、マネージャーさんにも、いつもわたしのエッセイを褒めてくれる友人にも読んでもらった。褒められるという保険がほしかった。

感想は、こうだった。

「普通に、普通におもしろい。読みやすいし、悪くない。でも、なんていうか、これを書いて、あなたがどんな気持ちになったのか、どんな気持ちを伝えたいのかがわからないから、心にはあまり残らない」

そんなもん、わたしが一番、わからないよ。

こうして、ここへ載せてもらうつもりだった、〃故・天才の原稿〃は塵となり消え去った。

わたしが嫌いなわたしだけが、どこへも行けず、憎らしくたたずんでいる。

今まで書いてきた、この連載作を読み返してみた。普段、わたしは自分で書いたものを、あとから読み返すことをしない。なにを書いたかも忘れてしまう。数日もたつと、その原稿はわたしにとって、過去の愚かなわたしが書いた遺物と化すからだ。

『小説現代』のバックナンバーをめくる手を、何度、止めようと思ったことか。情けなくて。小豆島の旅館で、父がズルしてゲームの景品をとってきてくれたこと。雪国に母と泊まり込んで怪しい治療を受けたこと。売ってしまった祖母の家の前にカニサボテンが咲いていたこと。岩手の山奥で混浴風呂に入ったこと。

いろんな時期の、いろんな場所の記憶を、思いつくままに書いてきた。忘れかけていた記憶と、出会いなおしてきたつもりだった。

今、読みなおしてみるとよくわかる。

どの回にも、ほんの少し、一行か二行か、嘘がある。言われたことのない言葉。見たことのない表情。騙すつもりじゃなかった。覚えていないことを言い訳に、矛盾がないよう、チョチョイと書き足した。

なにを書いたかは忘れていても、なにを書き足したかは、読めばはっきりと思い出せる。原稿のなかで、その一行か二行かだけが、ぽっかりと浮いている。これはわたしのものじゃない。

なぜ、そんなことをしたんだろうか。

理由はわかりきっている。わたしが、わたしを好きになるために。そうだ、これは、ほしかった記憶だ。

あのとき、こう言ってほしかった。あのとき、こう笑いかけてほしかった。あのとき、こんな答えがほしかった。不安で、みじめで、嫌いになるしかないわたしを、どうにか救いたかった。好きになりたかった。

空白の過去へ、願いのような、祈りのような、嘘だった。

皮肉にも、間に合わせの一行か二行で埋めてしまった記憶だけが、思い出そうとすると、激しい感情がわきあがる。これがきっと、書きたい気持ちなんだろうけど、書けない。うまく説明しうる言葉が見つからない。ポジティブなのか、ネガティブなのかすら、振り分けられない。今まで読んできた、どんな本にも載っていないから、言葉を借りてくることもできない。

わたしはわたしを好きになるつもりでエッセイを書いてきた。逃げるように書き上げた一瞬だけは安心するが、すぐに嫌いなわたしに追いつかれてしまう。その繰り返しで、息があがったのが今だ。

あーあ。

鎌倉のお寺で対談の仕事があった帰り、母に打ち明けた。

「わたしな、ずっと、パパに褒められたかってん」

母は不思議そうに返す。

「パパは、『奈美ちゃん、奈美ちゃん』って言うてばっかりやったよ」

「そんなことないって」

「あんたがなんかするたびに、仕事仲間にも、じいちゃんばあちゃんにも、ほんまにすごいねんでって自慢してた。二科展に入選したときも、パパはだれより喜んでた」

一瞬、わたしが薄情にも忘れてるのかと思ったが、そんなことを言われたら、嬉しくてずっと覚えているに決まってる。

「なんも褒められてないで」

「そう言われてみれば……」

母は考え込んだあと、苦笑いをした。

「素直じゃないから、あんたには言えへんかったんやな」

わたしにはわたしの物語があって、母には母の物語がある。もういない父があのとき、なにを考えていたのかわからない。期待していたのかも、褒めていたのかも、自分に顔も口答えのレパートリーもそっくりなわたしをどう思っていたのかも。死ぬ間際に、わたしへ大丈夫の三文字をなぜ残したのかも。わかってしまうのが怖いような。

昨日のわたしであれば、この気持ちに、立派な名前をつけただろう。父の不器用な優しさに涙し、自分の愚かさを恥じ、仏壇の前で手を合わせたら、窓からひとすじの風が舞い込んできて、それは父の背広の香りがしたなどと盛りに盛った展開をして、この話を閉じただろう。わたしを好きになるために。

好きの裏返しは嫌い、とは、うまいこと言ったもんだ。

わたしがしなければならなかったのは、わたしを好きになることではなかった。嫌いなわたしの中にしか起き得ない感情を、わたしの中にしか生まれない言葉で、書くことだった。どんなにつらくても。難しくても。時間がかかっても。飽きても。褒められなくても。

書こうとする時間が、わたしをなぐさめる。

書けないことが、わたしを大丈夫にする。

ようやくたどり着けたここから先に、たぶん、愛がある。

初出　「小説現代」２０２０年９月号～２０２２年９月号

岸田奈美（きしだ・なみ）
1991年生まれ、兵庫県神戸市出身。大学在学中に株式会社ミライロの創業メンバーとして加入、10年にわたり広報部長を務めたのち、作家として独立。世界経済フォーラム（ダボス会議）グローバルシェイパーズ。Forbes「30 UNDER 30 JAPAN 2020」「30 UNDER 30 Asia 2021」選出。著書に『家族だから愛したんじゃなくて、愛したのが家族だった』『もうあかんわ日記』『傘のさし方がわからない』。

Twitter: @namikishida
Instagram: @kishidanami
note: 岸田奈美のnote
https://note.kishidanami.com/

協力　コルク

飽《あ》きっぽいから、愛《あい》っぽい

2023年3月20日　第1刷発行

著者　岸田奈美《きしだなみ》

発行者　鈴木章一

発行所　株式会社講談社
〒112-8001 東京都文京区音羽2-12-21
電話 03-5395-3505（出版）
03-5395-5817（販売）
03-5395-3615（業務）

KODANSHA

本文データ制作　講談社デジタル製作

印刷所　株式会社KPSプロダクツ

製本所　株式会社国宝社

Printed in Japan　ISBN 978-4-06-530805-9
N.D.C. 914　271p　19cm